Hiltrud Rose

Erzählungen aus dem sagenhaften Thüringen

AF210924

Über die Autorin:

Hiltrud Rose, geboren 1950 in Gotha, lebt mit ihrer
Familie in Goldbach, Thüringen. Sie ist Angestellte im
öffentlichen Dienst und hat bereits mehrere
schriftstellerische Arbeiten vorgelegt:
Gespensterschloss. In Anthologie *Autoren-Werkstatt
80.* R. G. Fischer Verlag, Frankfurt 2001
Beiträge in
Lyrikedition Frankfurter Bibliothek: *Das neue Gedicht.*
2002, Brentano Gesellschaft Frankfurt/Main
Edition Dichterhandschriften. 2002, ebd.
Lyrikedition Frankfurter Bibliothek: *Das zeitgenössische
Gedicht.* 2003, ebd.

Hiltrud Rose

Erzählungen

aus dem

sagenhaften Thüringen

ISBN 3-8334-0310-1

Alle Rechte liegen bei der Autorin
Norderstedt 2003
Satz und Lektorat: Angelika Bechtel
Herstellung und Verlag: Books on Demand GmbH,
Norderstedt

Inhalt

Im Tal der Nixen

In meiner Kindheit spielte sich das ländliche Leben noch in Feld und Flur ab. Hier, in diesem geheimnisvollen und sagenumwobenen Unstruttal stand meine Wiege.

Einige der Erinnerungen habe ich aufgeschrieben, für meine Kinder, damit sie sich vorstellen können, wie es damals war und wie ich meine Kinderzeit verlebt habe. Damals, 1960, habe ich als Zehnjährige noch Abende erlebt, an denen wir zusammen saßen und Geschichten erzählt wurden. Einige Jahre später, als sich meine Großeltern und Eltern einen Fernsehapparat kauften, wurde alles anders.

Ein neues Zeitalter begann. Sputniks und Raumschiffe umkreisten den Nachthimmel. Für meine Geschwister, Manfred und Christina, verlief die Kinderzeit wieder in ganz anderen Bahnen.

*

Tief unten im Tal fließt die Unstrut, ihre dunklen Wasser ziehen dahin. Am Ufer sonnen sich die Eidechsen, ihre smaragdgrünen Körper säumen den steinigen Boden. Man kann sie kaum von den Gräsern unterscheiden.

Hinter der Flussbiegung war mal eine Insel. Ein Steg führte hinüber. Aber die starke Strömung der Unstrut hat ihn weggerissen, nur am Ufer sieht man noch einige Steinplatten aus dem dunkelgrünen, tiefen Wasser heraus ragen, die verführerisch locken, auf ihnen entlang zu laufen. Eine Nixe sitzt auf der Sandbank, Wasserperlen glänzen auf ihrem Oberkörper, der aus dem Wasser ragt, ihre Fischflosse wedelt leicht in der Strömung. Von weitem könnte man denken, ein wunderschönes Mädchen sitze auf einem Stein, das lange Haar umspielt ihren Körper. Ihr nixenartiges Wesen verbirgt sie in den Fluten.

Eben hört sie Kinder kommen, doch durch die dichten Baumkronen können diese sie noch nicht sehen. Also schickt sie sich an unterzutauchen. Ein Blick zurück, hat sie da jemand entdeckt? Ihr ist, als ob sie einen Aufschrei hört. „Dort ist etwas im Wasser!", hört sie noch, während sie in die Tiefe der Unstrut taucht. Die Sonnenstrahlen begleiten sie noch ein paar Meter, dann wirbeln wilde Strudel sie umher. Im Schatten der am Ufer wachsenden Bäume gleitet sie schwimmend zu den Kindern, das Wasser ist hier sehr tief und dunkel, so dass man sie nicht entdecken kann. Diese Untiefen und Strudel machen den Fluss so gefährlich. Deshalb sind auch bereits so viele Unglücke passiert, jedes Jahr Kinder ertrunken und auch ältere Menschen, die unvorsichtig waren, weil sie sich nicht auskannten.

So ging es im Dorf um, dass die Unstrut jedes Jahr ihre Opfer fordere. Den Kindern wurde Angst gemacht, aber übermütig überhörten sie die Warnungen und liefen bei schönem Wetter ins Unstruttal. So auch dieses Mal.

Die Jungen schnitzen Haselnussruten zu Stöcken und Angeln und die Mädchen pflücken herrliche Wiesensträuße, die sie dann beim Rast machen ins Wasser hängen, damit sie nicht welk werden. Den Duft der Wiesenblumen hat die Nixe so gern, deswegen verbirgt sie sich unterhalb des Ufers ganz nah bei den Kindern. Sie kann so sogar hören, was sie sich erzählen. Wieder mal wird von ihr gesprochen.

„Die Wassernixe zerrt die kleinen Kinder zu sich in die Unstrut, habe ich zu Hause gehört", erzählt eines der Mädchen.

„Ich habe vorhin etwas im Wasser schwimmen sehen", erinnert sich ein Blondschopf wieder.

„Das war bestimmt eine Bisamratte, die gibt es hier genug", antwortet einer der größeren Jungs.

Ein kleines Mädchen nimmt vorsorglich die Beine zurück.

„Was erzählt ihr denn hier für Gruselgeschichten", ruft ein anderer Junge, „meine kleine Schwester bekommt ja Angst, hört auf damit! Kommt her wir schiefern ein bisschen, hier liegen schöne flache Steine."

Die Jungen sammeln einige, stellen sich am Ufer auf und schießen die Steine über die Wasserfläche. Etliche Male müssen sie das Wasser berühren und weiter fliegen, fünf bis sechs mal schießen sie durch die Wellen zum anderen Ufer. Die besten Schützen werden gelobt. Nach einiger Zeit hat auch dieses Spiel seinen Reiz verloren, und man geht weiter flussabwärts.

„Wir bleiben beim Steg, heute gehen wir nicht so weit bis in den Wald. Es ist schon zu spät!"

Sie klettern auf den herausragenden Steinplatten herum, das Wasser zieht strudelnd vorbei, die Mädchen warnen.

„Wenn ihr reinfallt und in den Sog kommt ...!" Aber die Horde springt immer wieder vor und zurück.

Die Nixe ahnt, dass das nicht lange gut geht und schwimmt zurück in die Mitte der Unstrut. So böse, wie die Leute sagen, ist sie nämlich gar nicht, nur ein wenig einsam. Jedoch hat sie sich die Warnungen vor ihr so zu Herzen genommen, dass sie jetzt unbedingt vorhat, Schlimmes zu verhindern. Und gleich kann sie es auch beweisen, denn vom Tatendrang der Jungen angesteckt, hüpfe auch ich die Steinplatten entlang. Sie sind von dichtem Moos bewachsen und glitschig und ich falle im hohen Bogen ins Wasser. Durch die Wucht des Sturzes gehe ich sofort unter und werde von den Strudeln mitgerissen. Unter Wasser gehen meine Augen auf, ich will atmen, da weicht alle Atemluft aus meinem Körper.

Die Jungen sind ans Ufer gesprungen, die Mädchen zeigen aufs Wasser: „Dort in dem Drehloch ist sie!" Starr vor Schreck können sie sich kaum rühren.

Da schwimmt die Nixe einen Bogen, um gegen die Strömung zu gelangen und fängt mich auf. Fest hält sie meinen schmalen Körper im Arm, ich merke, wie meine Sinne schwinden. Die Strudel wirbeln uns auf und nieder, sie hat Mühe, meinen leblosen Körper in der Nähe des Ufergerölls abzulegen. Als das Rauschen um mich herum aufhört, schlage ich die Augen auf und taumele dem Ufer zu.

Die größeren Kinder laufen mir entgegen und ziehen mich aus dem Wasser. Allen steckt die Angst in den Knochen. Wenn das die Erwachsenen erfahren, dürfen wir nie mehr zum Spielen hier her kommen. Zum Glück habe ich es geschafft, aus dem Wasser herauszukommen. Wie, ist mir noch heute nicht klar.

„Wir warten, bis wir trocken sind, dann gehen wir heim", beratschlagen wir.

Aber mein Kleid ist vom Moos verschmiert und das beunruhigt meine Spielgefährten. „Ich schleiche mich zu Hause durch den Hof rein und ins Schlafzimmer, da ziehe mich um", beruhige ich sie.

So ziehen wir zurück ins Dorf. Zu Hause läuft alles glatt, niemand bemerkt, dass ich mich rein geschlichen und umgezogen habe. Vor dem Abendessen soll ich noch Petersilie vom Kräuterbeet aus dem Garten holen, der hinter der Scheune liegt. Ich laufe zum Wasserrand der Unstrut, die hinter den Gärten entlang fließt und denke, vielleicht wäre meine Wasserleiche schon bis hierher abgetrieben worden. Die Unstrut kommt mir unheimlich vor, in der Abenddämmerung wirkt alles so gespensterhaft. Sonst gehe ich gern zum Ufer, setze mich auf die Schnepfe, die unterste Stufe zum Wasser, die wir so nennen. Diese Steinplatte hat mein Opa dort eingebaut. Dort hole ich immer mit der Gießkanne das Wasser für die Beete. Heute ist mir aber ganz gruselig zumute und schnell laufe ich mit den Kräutern ins Haus. Am besten, ich denke nicht mehr daran, versuche ich mich abzulenken. Aber das Erlebnis, kurz vor dem Ertrinken gewesen zu sein, lässt mich nicht los. Ein paar Tage später rufen mich die Kinder, ob ich mit zum Spielen komme. Natürlich komme ich mit.

„Wir wollen an die Quelle, ich habe meinen Klappbecher mit!", ruft meine Freundin Birgit.

Da hole ich meinen auch, nur gut, dass er in die Rocktasche passt. Und schon geht es die Dorfstraße hinunter, zur Oberbrücke. Wir laufen zügig, denn es ist noch weit bis zur Quelle. Wir bleiben auf dem Weg, keiner geht ans Ufer der Unstrut.

Die Nixe hat wohl bemerkt, dass die Kinder wieder kommen, aber auch, dass sie eine gewisse Distanz zur Unstrut halten. Sie hat sich gerade aus Wasserpflanzen, Najas heißt das Nixenkraut, ein neues Lager bereitet und freut sich über eine Abwechslung. Schnell schwimmt sie flussabwärts hinter ihnen her. Sie ahnt wohl schon, dass sie zur Quelle wollen. Das passt ihr gut, denn das Quellwasser fließt in die Unstrut, und sie kann sich mit dem klaren Wasser ihre Schuppen silbrig putzen.

„Dort hinten, wo der Wald dichter wird, liegt die Quelle rechts neben dem Weg", ruft Hartmut. Erst müssen wir uns einen Weg trampeln, denn durch die Feuchtigkeit ist alles zugewuchert. Wir klettern hinunter zur Quelle, zwischen den großen Steinen fließt klares, kühles Wasser hervor. Wir setzen uns um die Quelle herum, erfrischen uns und beginnen, alte Geschichten zu erzählen.

Ein paar Meter weiter hat es sich die Nixe am Zufluss auch bequem gemacht und lässt sich das Quellwasser über ihren Fischschwanz rauschen. Ab und zu beugt sie sich zu den Kindern hinüber, aber durch die großen Klettenbüsche kann man sie nicht entdecken.

Das Sonnenlicht schimmert so herrlich grün durch die Blätter, so dass zuerst die Sage von der Grünen Hand erzählt wird. Meine Cousine Roswitha hat Gummischlangen zum Naschen mitgebracht. Doch zunächst werden sie auf eine der Steinplatten gelegt und kräftig auseinander gezogen, dann schauen wir zu, wie sie eilig wieder zusammen schnurren. Mir schmeckt immer eine rote Schlange am besten.

„Darf ich ihr den Kopf abbeißen?", frage ich Roswitha.

„Klar, jetzt ziehen sie sich ja sowieso nicht mehr zusammen", erlaubt sie gönnerhaft den Schmaus. Es wird redlich geteilt. Dann ist auf einmal die Sonne weg und bibbernd klettern wir hoch zum Weg zurück. Die nassen Sandaletten und das kühle Wasser haben uns arg abgekühlt, aber beim Heimlaufen wird uns gleich wieder warm. Unterwegs strecken wir unsere Hände nach dem Nächsten aus, um das Gruseln der Sage weiter zu spüren und schreien und juchzen: „Die Grüne Hand!"

Die Nixe zieht im Fluss mit uns zurück bis zum versunkenen Steg. Dahinter ist die tiefste Stelle der Unstrut. Dort wurde einst eine Glocke versenkt, die bei starker Strömung leise klingt. Wir Kinder hören die Glocke und meinen, es sei die von der Dorfkirche, aber dann wäre es ja schon sechs Uhr.

„Auf meiner Uhr ist es erst fünf", stellt einer der Jungen fest.

„Aber hörst du es nicht, die Feierabendglocke läutet schon, da geht eben deine Zwiebel falsch", meutert unser Anführer.

Die Nixe lächelt über die Kinder, die auf keinen Fall zu spät kommen wollen und damit sie sich nicht zu sehr abhetzen, schlingt sie ein paar der linealförmigen Blätter des Nixenkrautes um den Klöppel der Glocke.

„Wir haben uns getäuscht", stelle ich dann fest, „vielleicht hat ein Specht auf ein zu hartes Stück Holz geklopft und es hat sich nur so angehört." Beruhigt laufen wir gemächlich am Wald vorbei.

Die Nixe ist nun wieder allein, und die Einsamkeit bedrückt sie schlimmer als zuvor. Sie überlegt, dass sie die Wassergeister rufen könnte, vielleicht besucht sie ja jemand von denen und bleibt sogar bei ihr. Sie weiß aber auch, von der Quelle der Unstrut, die im oberen Eichsfeld bei Dingelstädt entspringt und die bei Naumburg in die Saale mündet, das sind 192 Kilometer. Ein großes Revier, das sie noch nicht erforscht hat. Nur die Flussaale, die jedes Jahr bei ihr vorbeiziehen und ihre neue Brut zurückbringen, haben ihr immer davon berichtet. Abenteuerlust packt sie und sie macht Pläne, das Unstruttal einmal zu verlassen und bis nach Sömmerda zu schwimmen, zu dem großen Staubecken, das errichtet wurde um die Hochwasser aufzuhalten, die jedes Frühjahr Gärten, Höfe und auch Brücken überschwemmen. Die vielen Wehre der Mühlen, die sie dazu überbrücken muss, machen ihr noch zu schaffen. Aber die Fischlein, mit denen sie sprach, schafften es ja auch, unter den Mühlrädern oder Mühlgräben hindurch zu schwimmen. Natürlich sind die viel kleiner als sie! Bei hohem Wasserstand will es sie es dennoch versuchen.

Nachdem sie den Bestand ihrer Flussmuscheln kontrolliert hat, schickt sie sich an, ihren Zauber mit den Wassergeistern zu treiben. Die Unterwasserwelt trägt ihren Gesang zu den im Wasser lebenden Wesen, den Wassergeistern in Tier-, Pflanzen- und Menschengestalt weiter. Aber wann er sie erreicht, ist nie gewiss.

Am nächsten Morgen ist die Nixe noch schlaftrunken und müde, als dunkle Schatten über der Wasseroberfläche über sie hinweg gleiten. Erschrocken schwimmt sie zu einem halb versunkenen Baum, um nicht entdeckt zu werden und um zu erspähen, was da oben geschieht. Kanusportler rudern auf dem Fluss, am Ufer radelt die Nachhut mit dem Proviant und Zelten hinterher. Sie rufen sich zu, dass Rast bei der nächste Mühle gemacht wird. Das ist eine willkommene Abwechslung für die Nixe. Sie schüttelt jede Müdigkeit ab, taucht in die Fluten und lässt sich hinterher treiben. Vor dem Wehr der Mühle sucht sie sich einen Winkel, damit man sie nicht entdecken kann. Die Kanuten haben inzwischen ihre Boote ans Ufer gezogen und nun frühstücken sie gemeinsam. Die Nixe hätte sehr gerne einmal probiert, wie so etwas schmeckt, aber sie kann das Wasser ja nicht verlassen, denn ihr fischiger Unterleib kann sich an Land nicht fortbewegen. Immer nur die Muscheln und Wasserlinsen als Nahrung! Denn selten fällt mal was ins Wasser. Manchmal rollt ein Apfel bis in die Unstrut. Das ist dann ein Festessen.

Irgendwie kommt sie sich hier etwas fremd vor, in ihrem Tal fühlt sie sich natürlich heimischer und geborgener. Gerade will sie wieder zurück schwimmen, da vernimmt sie ein Wimmern und Glucksen im Seitenarm der Unstrut, der zur Mühle führt. Vorsichtig späht sie hin, aber jetzt hört sie nur noch das Klappern des Mühlrades. Dann wieder diese Laute! Da wagt sie sich hinein in den Mühlgraben. Ganz unten entdeckt sie unter einer Baumwurzel zwei kleine, nixenartige Wesen, ganz grün vor lauter Algen.

„Wie seht ihr denn aus, kümmert sich denn niemand um euch?" Sie streicht ihnen durch das lockige Haar, nimmt sie in die Arme und schmiegt sich an sie.

„Wisst ihr was, ich nehme euch mit ins Unstruttal. Hier bei der Mühle, dieser Lärm und das angestaute Wasser, das ist doch nichts für so kleine Nixchen. Bei mir gibt es Strömungen, Wellen und Strudel, da könnt ihr schwimmen nach Herzenslust."

Gemeinsam schwimmen sie los, an jeder Hand hält sie ein kleines Nixchen. Sie kommen gut voran, aber nach einiger Zeit können die beiden Kleinen nicht mehr. Sie sind es nicht gewohnt, in der Strömung zu schwimmen. Also nimmt die Nixe sie ins Schlepp bis zur Quelle, wo sie sich am frischen Wasser laben und Moos und Algen abspülen.

„Nun sind wir schon bald zu Hause. Gefällt es euch hier?"

Beide nicken nur vor Müdigkeit, und als sie am Unterschlupf angekommen sind, fallen sie erschöpft ins Nixenkraut. Ein Gefühl der Geborgenheit überkommt sie, und sie schlafen glücklich und zufrieden ein.

Erntewetter. Die Nachbarskinder sind auf dem Feld, um bei der Ernte zu helfen, und ich bin allein zu Hause. Die kleinen Hausarbeiten wie Abwasch, Küche kehren, einkaufen, was auf dem Zettel steht, sind längst erledigt. Nur noch die Hühner füttern, das heißt, einen Eimer Weizen vom Boden holen, die Näpfe füllen und etwas im Hof verstreuen. Meine Omi verjagt dann immer die Tauben. „Das sind Feldflüchter, und die ernähren sich selbst", sagt sie immer.

Wenn ich aber allein bin, streue ich mehr Weizen aus, damit sie kein Futter mehr suchen brauchen. Die Tauben fliegen dann aufs Scheunendach und lassen es sich gut gehen in der Sonne.

Als ich sie eine Weile beobachtet habe, beschließe ich, doch noch etwas zu unternehmen. Ich schaue vom Tor zur Straße hinaus, alles menschenleer. Man arbeitet auf dem Feld oder meidet die Mittagshitze. Ich laufe die Straße hinunter zur Winzer, der schmalen Seite zum Unstruttal. Immer an der Unstrut entlang, vorbei an den Gärten bis zum Weinberg. Hier, wie auf der breiten Seite des Unstruttals ist ebenfalls keine Menschenseele zu sehen. Am Wasser weht immer ein frisches Lüftchen, deshalb ist es so angenehm, am Fluss entlang zu laufen. Bei der Flussbiegung suche ich mir eine Stelle, wo ich die Beine ins Wasser halten kann und setzte mich ans Ufer. Das Wasser ist angenehm frisch und ich schaue den Wellen nach, die blau schillernd vom Himmel angehaucht, zurück ins tiefe grüne Wasser schlagen. Nach einiger Zeit ist man wie hypnotisiert von den vorbeiziehenden Fluten.

Auf einmal sehe ich im Wasser etwas schwimmen. Ich reibe mir die Augen. Ist es ein Fisch oder ein Mensch? Es ist beides!

„Eine Nixe!", entfährt es mir leise. Ich wage kaum zu atmen. Sie schwimmt zur anderen Uferseite und sieht mich deshalb nicht. In der Mitte des Flusses taucht sie hinab, und als sie wieder auftaucht, hält sie zwei kleine Nixenkinder im Arm und setzt sie auf eine Sandbank. Sie haben menschliche Stimmen und rufen immerfort „Undine!" und strecken die Hände nach ihr aus.

Mein Herz pocht und das Blut rast in den Adern. Eine Nixe, halb Mensch, halb Fisch, und sie heißt Undine. Unfassbar! In meiner Aufregung bemerke ich nicht, dass sie mich entdeckt hat, denn sie taucht plötzlich neben mir auf. Ich bin sprachlos, und da sie meine Angst und den Schrecken bemerkt, spricht sie freundlich zu mir: „Du bist allein hier, da kann ich mich zeigen. Aber wenn du mit den anderen herkommst, muss ich mich verbergen." Ich nicke beklommen. „Sonst würdet ihr mich fangen wollen, wie ihr das mit den Vögeln, Eidechsen und Fischen auch tut."

„Das glaubt mir keiner", versuche ich zu sprechen.

„Deswegen würde ich es auch niemandem erzählen, die lachen nur über dich", schlägt die Nixe vor. „Meinen Namen kennst du ja jetzt, wenn du mich rufst, werde ich kommen. Willst du mit uns schwimmen?"

„Nein hier sind so viele Schlingpflanzen und die Strömung, da traue ich mich nicht. Aber ich erinnere mich, dass du es warst, die mich gerettet hat. Ich dachte erst, es wäre ein Traum, aber jetzt wo ich sehe, dass es dich gibt, weiß ich es. Ich danke dir, dass du mein Leben gerettet hast."

Die Nixe lächelt: „Gut, dass ich zur Stelle war. Doch sei in Zukunft vorsichtiger, denn ich kann nicht überall sein. Sind die Weintrauben schon reif im Weinberg?" Forschend blickt sie mich an.

„Ich finde bestimmt reife Trauben, es gibt mehrere Rebsorten, weiße und blaue", berichte ich der Nixe.

„Hauptsache, sie sind süß, denn die kleinen Nixen haben so etwas noch nicht gegessen. Holst du uns welche?"

„Na klar, ich möchte dir gern eine Freude machen!" Und ich laufe los. Doch als ich mich noch einmal umblicke, sehe ich nur Wasser dahin fließen und glaube fast, das alles nur geträumt zu haben. Der Winzer hat nichts dagegen, wenn man sich mal eine Traube pflückt, Mundraub ist gestattet. Jetzt aber brauche ich mehrere Früchte. Unsicher schaue ich mich um, ob er auch nicht da ist. Im Steinhaus rührt sich nichts, ich habe Glück. Ich nehme die Trauben in meinem Rock, den ich wie eine Schürze festhalte und laufe zurück zur Unstrut. Jetzt muss ich sie rufen, etwas aufgeregt und viel zu leise rufe ich „Undine!", dann wieder lauter, „Undine!" Ein Plätschern im Wasser lässt mich nach unten sehen, da sind die drei Nixen, ganz nah am Ufer. Ich setze mich zu ihnen an den Uferrand und zeige ihnen meine Beute. Undine spritzt eine kleine Fontäne in mein Gesicht und sagt „Danke". Sie füttert die kleinen Nixen, die so niedlich sind und denen die Weintrauben so gut schmecken, dass sie schmatzen. Als sich die Nixe Undine auch eine Traube ausgesucht hat, nehme ich mir die letzte und wir lassen es uns gemeinsam schmecken.

„Erzähle uns bitte etwas von dir", fordern mich meine neuen Freundinnen auf. Ich zögere, da ich nicht weiß, was eine Nixe gern so hören möchte. Undine ahnt das schon und sagt: „Meine kleinen Nixen hier haben noch gar keine Namen. Wie heißt du denn?"

„Ach, das ist eine lange Geschichte."

„Die würden wir gern hören", bittet die schöne Nixe.

„Meine Großmutter erzählt mir immer Geschichten. Die, wie ich zu meinen Namen gekommen bin, hat sie einmal in einem Roman gelesen. Das Schicksal eines kleinen Mädchens ist ihr dann so zu Herzen gegangen und sie war von der Geschwisterliebe so gerührt, dass sie mir ihren Namen gegeben hat. Aber den nenne ich euch erst am Ende der Geschichte. Es geschah da, wo dieses Wasser hin fließt. Wisst ihr, wo dieses Wasser hin fließt?" Bedeutungsvoll hebe ich meinen Arm und zeige in Richtung des fließenden Wassers und mit spannungsvoller Stimme erzähle ich weiter. „Zum Meer, in die Nordsee. Die Unstrut fließt in die Saale und diese mündet in die Elbe. Das Wasser der Elbe fließt in die Nordsee. Die Nordsee ist wild und stürmisch und bei einem Unwetter geriet ein Schiff zu nahe an die Klippen. Es zerbarst und ging unter. Sein Rettungsboot strandete am Strand eines Fischerdorfes, einige wenige Menschen hatten diese Unglücksnacht überlebt. Obwohl die Fischer alles mögliche taten, um den Fluten noch Überlebende zu entreißen, ertranken fast alle. Der Sturm wütete so, dass sie selbst Mühe hatten, den Naturgewalten zu entrinnen. Ein altes Fischerehepaar, das kinderlos geblieben war, nahm ein kleines Mädchen auf. Sie sahen es als ein Geschenk des Himmels. Sie waren sehr glücklich mit diesem Kind. Aber da sie schon alt waren, starben sie nach ein paar Jahren und das Kind kam zum Bürgermeister. Die Fischerhütte blieb aber ihr heimliches Zuhause, denn oft ging sie hin, um sich an die schöne Zeit dort zu erinnern. Als durch das rauhe Wetter und die salzigen Stürme die Tür verrostet war und das Schloss nicht mehr richtig aufging, kletterte sie zum Fenster hinein. Eines Tages, als sie wieder am Strand entlang lief und sie ins Watt hinaus sah, entdeckte sie am Horizont eine menschliche Gestalt. Da sie am Meer aufgewachsen war, kannte sie die Gezeiten von Ebbe und Flut genau. Blitzschnell war ihr bewusst, dass dieser Mensch sich nicht mehr ans Ufer retten konnte und wenn sie ihm nicht helfen würde, er umkommen müsste. Sie rannte hinaus ins Watt und war sich der Gefahr bewusst, der sie sich aussetzte. Der junge Mann sah erstaunt das Mädchen auf ihn zu rennen. Er hatte schon bemerkt, dass sich ringsherum kleine Rinnsale bildeten und ein Donnern und Dröhnen von Weitem zu hören war. Atemlos rief sie: „Schnell, wir müssen zu den Felsen, sonst sind wir verloren!"

Sie liefen los, hinter ihnen tobte die Hölle, das Wasser kam von allen Seiten. In letzter Sekunde retteten sie sich auf die Klippen. Das Wasser stieg immer höher, sie banden sich mit ihren Gürteln aneinander, um nicht wegzutreiben. Verzweifelt über die Ironie des Schicksals erzählte er, dass nun auch er in Lebensgefahr schwebe, an genau der Stelle, wo er seine Familie bei einem Schiffsunglück verloren hätte. Und dass er noch immer hoffe, dass vielleicht seine Schwester überlebt habe, die mit im Boot gewesen sei und so etwa in ihrem Alter wäre.

Sie mussten nun ausharren, bis das Wasser wieder zurückging, und so erzählte Heike dem jungen Mann, der Lehrer war, von den Fischern und dass ihre Eltern schon tot seien. Als sie nachdachte, erinnerte sie sich, dass sie immer ganz traurig waren, wenn sie von dem Schiffsunglück erzählten, so als wären sie selbst betroffen.

Als es wieder Ebbe war, gingen sie zurück, und es kam ihr vor, als ob sie sich schon immer kannten. Eine innere Stimme sagte ihr, dass sie ergründen musste, warum sie hier war. Sie fasste ihn bei der Hand und sagte: „Ich zeige dir, wo ich gelebt habe." Und sie gingen zur Fischerhütte, stiegen zum Fenster hinein. Heike öffnete die Truhe und zeigte ihm ihre Kleidungsstücke, die ihre Mutter aufbewahrt hatte. Nun wusste sie warum. Damit das Geheimnis gelüftet werden konnte. In den Wäschestücken war überall ein „H" eingestickt. Deshalb hatten die Fischersleute sie Heike genannt. Ihr Bruder hatte schon auf dem Felsen eine Ahnung gehabt, und er hatte so sehr gehofft, seine kleine Schwester gefunden zu haben. Er nahm sie in die Arme und rief: „Wir wollen uns nie wieder trennen, endlich habe ich dich gefunden, meine kleine Schwester Hiltrud!"

Sprachlos schauen die Nixen zu ihr hoch, die beiden Kleinen fassen sich zuerst und rufen: „Hiltrud!"
„Ja, so heiße ich."
Die Nixe Undine meint: „Das war spannend und lehrreich zugleich, kannst du uns wieder einmal etwas erzählen?"
„Ja, wenn euch das gefällt, mache ich es gerne", freue ich mich. „Ich weiß bloß noch nicht, wann ich wieder allein hier her kommen kann."
Kühl streicht der Wind am Ufer entlang und erinnert mich ans nach Hause gehen.
„Ich muss los, bis bald."
„Wir begleiten dich noch ein Stück!", rufen die Nixen und lassen sich plumpsend ins Wasser fallen.
Das war ein schöner Nachmittag, geht es mir durch den Sinn, ich besuche euch bald wieder.
Die Nixen winken mir zu, als ob sie Gedanken lesen können und verschwinden. Der Weg geht jetzt durch die Wiesen, nicht mehr so nah am

Ufer entlang. Zu Hause werde ich schon erwartet.
„Wir haben gespielt!", rufe ich und sperre die
Hühner in ihren Stall.

Als wir wieder einmal durchs Unstruttal ziehen,
überlege ich natürlich, wie ich allein zu den Nixen kommen kann. Es will mir aber nichts richti-
ges einfallen. Wir Mädchen summen „Im Frühtau
zu Berge wir ziehn falla-ra" ... Bald können sie
uns hören, bin ich in Gedanken bei den Nixen.
Die Jungen stimmen unser Lied an und wir fallen
mit stolzer Stimme ein:

„Thüringer sind wir,
das lassen wir uns nicht sagen,
wenn uns einer frech kommt,
dem gehn wir an den Kragen
holla tria, holla trio.
Vargulaer sind wir,
das macht uns alle froh.
Hei tralla-ralla- la,
wie lustig stehn wir da."

Den Refrain singen wir, bis wir den Wald sehen.
Leute, die in den Gärten arbeiten, drehen sich
nach uns um, da unser Gesang weit schallt. Für
sie sind wir die Halbstarken, aber wir sind
einfach froh, keine kleinen Kinder mehr zu sein.
Heute wollen wir Zapfen auflesen und schauen,
ob es schon Pilze gibt. Wir schwärmen aus und

laufen in den Wald. Sehnsüchtig schaue ich hinunter zur Unstrut, heimwärts werde ich die Nixen besuchen, steht für mich fest. Für die Pilze ist es noch zu trocken, aber Heidelbeeren und Brombeeren gibt es schon. Wir essen uns erst mal satt und beschließen, beim nächsten Mal ein Gefäß mitzunehmen, damit wir was mit nach Hause bringen können.

Auf dem weichen Waldboden macht es richtig Spaß, Tannenzapfen aufzulesen. Die Sonne scheint nur an einigen Stellen durch die Tannen, in ihren Strahlen tanzen Mücken. Als wir wieder aus dem Wald herauskommen, trifft uns die Hitze wie ein Schlag. Also ziehen wir wieder zurück zum oberen Waldweg. Meine Nixen zu treffen, scheint unmöglich. Da kommt mir ein Gedanke. Nicht weit weg von der Stelle, an der die Unstrut einen Bogen macht, also bei der tiefsten Stelle, wo auch die Nixen hausen, erzähle ich meinen Freunden, dass ich meinen silbernen Armreif verloren habe. Ich müsse runter an das Ufer, mal nachsehen, da es zu Hause schon Ärger gegeben habe.

„Beeil dich, wir warten hier und machen solange Rast."

Ich laufe den steilen Hang hinunter. „Ihr könnt auch schon vorgehen!", rufe ich zurück.

„Nein, wir warten", beschließt ein Nachbarsjunge.

Völlig außer Atem komme ich am Wasser an und wasche meine Hände und Gesicht. Oben im Wald kann man mich sehen, trotzdem rufe ich leise nach Undine. Durch meine Vorsicht gewarnt, taucht sie nahe neben mir auf.

„Wir sind auf dem Heimweg, und ich kann nicht weg von der Meute", jammere ich.

„Schön, dass du es versucht hast", lächelt die Nixe mir zu. Da schallt es auch schon aus dem Wald: „He, ho, wo bist du?"

Ich streiche durch das Gras, damit sie sehen sollen, dass ich meinen Armreif suche. Aber genützt hat mir das nicht viel, da ich ihn ja gar nicht verloren habe. Da zieht die Nixe auf einmal einen Reif von ihrem Arm: „Nimm diesen. Ich wollte dir sowieso etwas schenken und Schmuck finden wir öfter mal im Wasser. Dieser Reif soll unsere Freundschaft verbinden, und er wird dir Glück bringen, glaube mir."

„Danke!", rufe ich und schwenke ihn in der Luft, damit meine Freunde Bescheid wissen. Ich will schon loslaufen, da fallen mir die beiden kleinen Nixen ein. Wo sind sie?

„Sie ruhen sich unter der Weide aus", erklärt Undine und zeigt hinüber zu den ins Wasser hängenden Zweigen, „denn bei Vollmond wollen wir feiern. Die uralte Muhme hat uns wissen lassen, dass Sonni und Luna bei mir im Unstruttal bleiben und das wollen wir heute beim Vollmond besiegeln. Kommst du auch?"

„Ich versuche es", rufe ich ihr zu und renne los, so schnell ich kann. Als ich auf dem Weg noch einmal zurückblicke, ist nur noch das dahin fließende Wasser zu sehen. Undine ist wieder geschickt in die Tiefe getaucht.

„So ein Glück, dass du den Armreif wieder gefunden hast, zeig mal her", werde ich empfangen. Der dunkelgrüne Stein auf dem wellenförmigen Reif erinnert mich an die Fluten der Unstrut.

Ja, so ist das nun einmal auf dem Dorf, alles wird gemeinsam unternommen, was ja auch sehr schön ist. Aber wenn man mal alleine etwas tun will, hat man kaum eine Chance.

Am Abend wird es hier meist angenehm frisch, man setzt sich in den Garten oder vor die Haustür, um sich von der Hitze des Tages zu erholen. An Schlaf ist da noch nicht zu denken, und die Kinder dürfen länger aufbleiben als sonst. Ich suche mir ein Buch aus, melde mich ab und wünschte Gute Nacht, weil ich in meinem Zimmer noch schmökern will. Meine Nachttischlampe dämpfe ich mit einem Tuch nach der einen Seite ab, damit das Licht zum Lesen auf meiner Seite ist. So wie ich es immer mache. Aber ich blättere das Buch nur auf und schleiche mich dann aus dem Haus.

Um den kürzeren Weg zu den Nixen zu nehmen, laufe ich in die Winzer, die schmale Uferseite der Unstrut entlang. Einer meiner Spielkameraden sitzt unterm Lindenbaum und fragt neugierig, wo ich allein hin will.

„Zu meiner Tante, ihr den Armreif zeigen, dass er wieder da ist", rede ich mich heraus.

„So spät noch", murrt er und lässt mich ziehen. Wenn ich es bis zur nächsten Biegung schaffe, werde ich vom Dorf aus nicht mehr gesehen, geht es mir durch den Sinn. Alles geht gut. Ich bin ganz allein in der Winzer, etwas ängstlich gehe ich weiter. Am Himmel sieht man schon den Mond, für die Sterne ist es noch zu hell. Als ich an den Obstplantagen vorbei komme und die Äpfel sehe, springe ich schnell hin und hole welche. Da habe ich ein Mitbringsel, die kleinen Nixen schauen immer ganz neugierig. Die werden Augen machen, freue ich mich.

Atemlos komme ich am Ufer an, plätschere im Wasser, um mich bemerkbar zu machen und erfrische mich. Aber auf der Wasseroberfläche ist nichts zu sehen. Hoffentlich sind sie auch da, doch da taucht Undine schon neben mir auf und hält einige Muscheln in den Händen.

„Komm mit, wir stecken dir auch welche ins Haar."

Ratlos sehe ich, wie sie wieder untertaucht. Wohin soll ich kommen? Da winkt sie mir mit ihrer Flosse. Ich ziehe mein Kleid aus, und etwas ängstlich steige ich ins Wasser. Zu meinem Erstaunen ist es wärmer als ich erwartet habe. Ich schwimme zur Weide, die Äpfel im Wasser vor mir her schubsend. Als ich die Zweige der Weide auseinander schiebe, um unter ihre Krone zu schwimmen, gerate ich ins Staunen. Die beiden kleinen Nixen glitzern, das Haar ist geschmückt mit kleinen, perlmuttfarbenen Muscheln. Am Stamm der Weide funkeln Glühwürmchen.

„Ihr seid so hübsch", staune ich.

„Unsere Muhme hat verkündet, dass wir im Unstruttal bleiben. In dieser Vollmondnacht wollen wir das gebührend feiern!"

Ich nehme Platz auf einem Baumstamm, der im Wasser dümpelt, und höre durch das Rauschen der Weide den Erzählungen Undines zu, die zumeist der uralten Muhme gewidmet sind. Als sich der Vollmond auf der Wasseroberfläche zu spiegeln beginnt, schwimmen wir in seinen Strahlen und sind wie verzaubert. In unseren Körpern herrscht Ebbe und Flut, in unseren Zellen schwappt es auf und ab, so dass wir ganz närrisch sind. Die Gezeiten, die durch den Mond hergerufen werden, toben auch in uns. Es ist berauschend!! Allmählich lassen meine Kräfte nach, und ich lege mich erschöpft an die Baumwurzeln. Undine kommt zu mir und fragt besorgt: „Wie kommst du eigentlich wieder in euer Haus? Wie ich vom Ufer aus sehen konnte, ist der Weg zum Hof durch die Scheune und einen Stall zugebaut."

Darüber habe ich mir noch gar keine Gedanken gemacht, aber da fällt mir ein: „Ich wurde einmal ausgesperrt. Damals kletterte ich durch das Hühnerloch in den Schafstall und konnte auf den Hof." Ich sehe an mir herab: „Da müsste ich eigentlich auch heute noch durch passen."

Die kleinen Nixen kommen neugierig angehechtet: „Erzähl mal genau, wie das war!" „Also, ich habe geschmökert und dabei die Zeit vergessen, ich lag auf einer Decke, so dass mich meine Omi, als sie die Tür schloss und nachsah, ob alle drin sind, nicht gesehen hat. Sie sperrte die Hühner in den Stall, rief nach mir, und da sich niemand meldete, schloss sie ab. Als die Sonne unterging, merkte ich, dass ich alleine noch draußen war. Keiner mehr in den angrenzenden Gärten, dem ich Bescheid sagen konnte. Rufen hatte keinen Zweck, das hätte keiner gehört. Ich stand vor der Tür und entdeckte das Hühnerloch. Ich schob es auf, es ging schwer, aber es klappte. Dann legte ich mich auf die Stufen und probierte, ob ich durch passte. Wenn die Hühner durchgehen, konnte ich es wohl auch."

Wir lachen. „Wenn du meinst", lächelt Undine, „dann bringen wir dich nach Hause." Sie setzt mir einen Turban aus meinem Kleid auf den Kopf und wir schwimmen los. Ich hinter Undine - in ihrer Strömung brauche ich mich gar nicht anzustrengen, sie zieht mich förmlich mit - und neben mir Sonni und Luna. Man sieht den beiden ihren Stolz an, mich begleiten zu dürfen. Ich staune über die Sicht zum Ufer, alles sieht ganz anders aus. Sonst sehe ich ja immer vom Ufer aufs Wasser. Alleine hätte ich mich bestimmt verirrt. Wir sind schneller da, als wenn ich gelaufen wäre und vielleicht hätte mich dann jemand gesehen.

„Wenn du durchkriechen kannst, pfeife, damit wir Bescheid wissen", raunt mir Undine zu, als ich ans Ufer krabbele.

Es klappt alles, ich passe noch durch, aber gerade so, an meinen Armen schürfe ich etwas Haut ab. Ich pfeife zurück und taste mich durch die Dunkelheit an das Tor. Vorsichtig betrete ich den Hof. Hier ist alles still, also hat niemand bemerkt, dass ich weg gegangen bin. Nur unsere Jagdhündin Gonda, kommt verschlafen aus der Hundehütte heraus und beschnuppert mich.

„Pst, kein Laut!", befehle ich ihr und gehe leise ins Haus, die Treppen hoch zum Schlafzimmer. Wie immer vor dem Einschlafen sage ich das Gebet, das mich meine Großmutter gelehrt hat. Ich falte die Hände und nach den Worten „Lieber Gott, mach mich fromm, dass ich in den Himmel komm" schlafe ich ein.

Doch bald werde ich wieder wach, noch unausgeschlafen, und etwas piekt in meinem Haar. Ich habe vergessen, die Muscheln abzulegen, die mir die Nixen als Schmuck eingesteckt haben. Sie haben sich verhakelt und nun bleibt mir nur eins, mit der Schere die betroffenen Strähnen herauszuschneiden. Zum Glück fällt es bei meinem welligen Haar nicht auf.

Die nächsten Tage bleiben heiß, jeder hat mit sich selbst zu tun, dass keine Fragen gestellt werden. Die Sommerferien gehen bald zu Ende und ich hole die bestellten Schulbücher für mich und meinen Bruder ab. Ich helfe ihm beim Einbinden der Bücher. Meine Geschwister schlagen neugierig die Bücher auf, so dass ich ihnen verspreche, anschließend eine Geschichte daraus vorzulesen. Als ich das Inhaltsverzeichnis überfliege, sehe ich schon, welche es sein würde. Sie heißt „Die Nixe von Thamsbrück".

„Es ist nur eine Seite, dafür ist aber ein Bild von der Nixe drin", hebe ich die Spannung an. Selbst gespannt, beginne ich zu lesen.

„Thamsbrück liegt bei Langensalza und ist gar nicht weit weg", erkläre ich Manfred und Christina. „Wir waren doch schon zum Brunnenfest in diesem Städtchen, also ganz in ihrer Nähe."

„Kann sie bis hierher schwimmen?", fragen sie.

„Natürlich. Ihr müsst mal aufpassen, wenn ihr am Ufer steht. Mir glaubt ihr ja nichts, aber nun steht es im Schulbuch."

„Ja, dann glauben wir es", sind sie sich einig. Insgeheim denke ich an Undine und ob sie weiß, dass ganz in ihrer Nähe, in Thamsbrück, eine andere Nixe lebt.

Der Sommer nähert sich dem Ende und es wird Herbst. Der Schulalltag hat uns voll in Beschlag genommen. Nach den Hausaufgaben wird vor der

Haustür Federball gespielt oder mit dem Spring-
seil gehüpft. Weite Ausflüge, wie ins Unstruttal,
werden nicht mehr unternommen. Die Nachmit-
tage sind zu kurz. Ich überlege, wie ich es an-
stelle, um am Wochenende wieder einmal zu den
Nixen zu kommen. Meine Freundin Birgit kommt
sicher mit, allein lassen sie mich zu Hause nicht
fort. Aber wenn ich nicht allein hinkomme, lassen
sich die Nixen dann sehen? Das ist die große
Frage. Besser aber, als gar nicht ins Unstruttal zu
kommen. Vielleicht ergibt sich eine Möglichkeit,
ich muss abwarten. Vor lauter Grübelei vergesse
ich, dass ich das Brot beim Bäcker holen soll. Als
meine Eltern vom Feld kommen, laufe ich noch
schnell los.
Sonnabend wird groß reine gemacht, ich wische
schon den Flur und die Treppe zum Hof. Mein
Zimmer bringe ich schon lange allein in Ordnung.
Am Sonntag wird sich hübsch gemacht, ich be-
komme eine Schleife ins Haar gebunden, passend
zum Kleid. Dann begleite ich meine Omi in die
Kirche. Nach dem Mittagessen ist es endlich soweit, ich treffe mich mit dem Nachbarskind zum
Spaziergang. Das Wetter hält sich, der Wind hat
die Regenwolken vertrieben. Als wir das Dorf
hinter uns gelassen haben und den Wald sehen,
singen wir fröhlich die Lieder, die wir in der
Schule gelernt haben. Die Pflichten lassen wir
zurück, ein Gefühl der Freiheit und Freude überkommt uns.

Als wir am Ufer der Unstrut ankommen, setzen wir uns zu den Gänseblümchen und flechten uns Blumenkränze. Dabei erzähle ich allerlei Neuigkeiten. Verstohlen schaue ich immer mal wieder zum Wasserrand und glaube auch, Undine zu entdecken, die uns belauscht. Wir haben uns was zum Naschen mitgenommen und essen Bonbons. Als ich mir die Hände wasche, lasse ich meine Tüte ins Wasser fallen. Wie immer will ich nämlich meinen Nixen etwas mitbringen. Die Tüte trudelt ab, in die Mitte des Flusses. Birgit hat nichts bemerkt, sie gibt mir von ihrem Proviant ab und wir ziehen vergnügt nach Hause. Ich bin froh, dass alles so gut geklappt hat. So wie dieses Wochenende mache ich es noch viele Male.

Nun geht auch der Herbst zur Neige und mit den Stürmen kommt eisiger Wind, der den Winter ankündigt. Die Kinder treffen sich jetzt meist in der Bibliothek oder im Kino. In der kalten Jahreszeit verbringen sie die Zeit beim Lesen in der Ofenecke. Vergeblich durchstöbere ich die Listen der Bibliothek, um Literatur über Nixenwesen zu finden. Außer in meinem Lesebuch, finde ich nichts. Aber diese außergewöhnlichen Wesen entlassen mich nicht aus ihrem Bann. Ich beschließe, meine Erlebnisse mit ihnen aufzuschreiben. So vergeht auch die Zeit schneller, bis ich mich wieder mit ihnen treffen kann. Ich freue mich darauf, dass es bald wieder soweit ist und ich zu ihnen ins Tal der Nixen kann.

Die Zwerge vom Drachenstein

Vor vielen Jahren geriet eine Gegend im Thüringer Wald in Verruf, nicht geheuer zu sein. Man mied diesen Wald, besonders einen unheimlichen Felsen. Denn wehe dem, der sich dort hin wagte oder sich verirrte ... Nachts sah man Feuer aus den Felsspalten lodern und Rauch in den Himmel aufsteigen.

Die Heimarbeiter, die ihre Spiel- und Glaswaren auf die Märkte in die Städte brachten, berichteten über Angst und Schrecken, die einsame Wanderer dort ereilen konnten.

Die Sage vom *Drachenstein* hat sich bis in die heutige Zeit gehalten, und die Wanderer und Kurgäste nutzten die angelegten Wege oder zogen die Kurpromenade der verwilderten Gegend um den *Drachenstein* vor, so dass es zu keinen weiteren Vorfällen kam. Auf diese Weise konnten die Zwerge das Geheimnis um ihr Dasein wahren.

Bis eines Tages Jugendliche, die einen Platz zum Zelten suchten, dorthin verschlagen wurden. Sie wollten ihre Ausflüge einmal an einen anderen Ort machen, nicht immer wieder nach Wangenheim an den Stausee, wo es zwar auch recht schön war, sie die Gegend aber schon bestens kannten.

Das Abenteuer lockte und so kam es, dass die Geschwister Maria und Marcus an einem Wochenende mit der Thüringer Waldbahn in Richtung Friedrichroda fuhren. Mit ihren Gothaer Freunden hatten sie ausgemacht, dass sie einen guten Vorschlag, wo man campen konnte, bald finden wollten. Deshalb schwärmten sie aus, um einen Platz zu suchen, der abenteuerlich, aber auch erschwinglich für sie wäre. Da man vor dem Walde wohnte, bot sich die Waldbahn an, und so fuhren sie vorbei an Feldern, auf Wiesen weidenden schwarzweißen Kühen, bis in den Wald hinein. Schneller kam man wirklich nicht in die Natur hinaus.

An der Haltestelle Friedrichroda stiegen sie aus. Zünftig anzusehen, mit Wanderschuhen und Rucksack ausgestattet, passten sie ins Bild der Wanderer, denen sie am Wegesrand begegneten. Als sie ein Stück in den Wald gelaufen waren, machten sie Rast, um sich auf der Karte zu orientieren und eine Wanderroute festzulegen.
„Dabei könnten wir gleich frühstücken“, schlug Marcus vor. Maria war einverstanden und breitete ein Tuch aus für das Picknick.

„An der frischen Luft schmeckt es immer noch am besten", stellten beide fest, als sie wieder loswanderten.

Maria gefiel die Gegend sehr gut.

„Es kommt aber darauf an, ob in der Nähe Wasser ist, das wir auch verwenden können", gab Marcus zu Bedenken. Denn der Bach, den sie auf der Karte ausgemacht hatten, führte bestimmt kein Trinkwasser.

„Am besten, wir gehen in eine Höhenlage, in felsigem Gebiet stoßen wir eher auf eine Quelle", einigten sie sich. Kurzerhand änderten sie ihre Route und bald merkten sie, dass sie sich allein in dieser Gegend befanden. Seit einiger Zeit war ihnen keine Menschenseele mehr begegnet, der Weg hatte sich in einen überwucherten Pfad verwandelt und sie hatten Mühe, vorwärts zu kommen. Da entdeckten sie ein Felsmassiv.

„Dort können wir uns orientieren", rief Marcus freudig aus, „Maria, du umrundest den Felsen und ich klettere hinauf!" Gesagt, getan. Sie legten ihre Rucksäcke ab und Marcus verschwand hinter einer Felsspalte. Maria war ängstlich, aber da hatte er schon den ersten Felsbuckel überwunden und winkte ihr zu.

„Sei vorsichtig!", rief sie und lief um das Areal. Ab und zu sah sie ihren Bruder, wollte ihn aber nicht ablenken. Auf der anderen Seite des Massivs sah sie eine Lichtung, das wäre ein schöner Platz, freute sie sich und etwas weiter entdeckte sie auch eine Quelle. Für Maria war es beschlossene Sache, hier würde gezeltet. Aber wo war ihr Bruder?

Sie suchte den Felsen ab, konnte aber nichts entdecken. Auf ihr Rufen reagierte er auch nicht. Marcus war wie vom Erdboden verschluckt. Inzwischen hatte sich die Mittagshitze in Gewitterschwüle verwandelt, gleich würde das Unwetter losbrechen.

Sie versuchte, mit ihrem Handy zu telefonieren, aber der Felsen schirmte alles ab. Auch das Handy von Marcus funktionierte hier nicht. Maria war ratlos, was sollte sie tun? Ihren Bruder im Stich lassen wollte sie nicht, aber sie konnte ihm auch nicht helfen. Die ersten Blitze zuckten, dann Donner und Regen. Maria rannte in den Wald und beschloss zurückzulaufen, um Hilfe zu holen, aber in dieser verlassenen Gegend traf sie auf niemanden. Als sie ein paar Kilometer zurückgelegt hatte, griff sie wieder zum Handy. Der Ruf ging ab, sie versuchte sich zu beruhigen, da meldete man sich zu Hause.

Maria schilderte die Situation, ihre Eltern beruhigten sie.

„So weit seid ihr nicht von zu Hause weg, wir finden euch schon. Laufe nur bergab und versuche, dich zu orientieren, vielleicht siehst du ja die Elektroleitung der Bahn. Wir kommen zur Haltestelle, parken dort und gehen dir entgegen. Wir rufen dich dann an, spare deinen Akku. Dann suchen wir gemeinsam deinen Bruder."

So schnell, wie das Gewitter gekommen war, ging es wieder vorbei.

Aber als Hiltrud und Rainer aus dem Auto stiegen, war von ihrer 17-jährigen Tochter noch nichts zu sehen. Sie schauten in ihre Karten, doch in dieser Gegend gab es mehrere Berge, den Regenberg mit 727 m, den Simmelsberg mit 714 m und den Tannenkopf mit 621 m Höhe. Wohin hatte es die beiden verschlagen?

„Wir laufen einfach los, vielleicht wählen wir den selben Weg", schlug Rainer vor.

Und wie vom Schicksal geführt, trafen sie nach einiger Zeit auf Maria. Sie sah wie eine gebadete Maus aus und fiel ihnen überglücklich in die Arme.

„Jetzt kannst du uns führen." Sie schauten in die Gegend, aber Maria wußte nicht mehr genau, woher sie gekommen war.

Marcus hing in einer Felsspalte fest. Er war abgerutscht, sein Fuß hatte sich verkantet und schmerzte sehr. Der Gewitterregen prasselte auf ihn herab. In dieser ausweglosen Situation hieß es nur durchhalten. Etwas würde ihm schon einfallen. Ziemlich entnervt legte er seinen Kopf an den Felsen, um Kräfte zu sparen. Er fror und wußte nicht, ob er vor Angst oder Kälte zitterte. Da war ihm, als ob er etwas wispern hörte. Ein

Hoffnungsschimmer keimte auf! Aber nichts! Er war allein.

So allein wie er dachte, war er jedoch nicht. Denn die Zwerge hatten wohl bemerkt, wer sich da auf den *Drachenstein* gewagt hatte.

„Ein junger Bengel hat sich hierher verirrt", meldete ein Zwerg der Zwergenkolonie. „Er kann nicht weiter. Wir müssen ihm helfen, wenn er erst gesucht wird, könnte man uns entdecken!"

Das war einleuchtend.

„Aber wenn unsere Tarnung auffliegt, was dann?"

„Wir werden unsere Mittelchen anwenden, wie immer. Wenn wir ihn gleich unter Hypnose setzen, bekommen wir ihn nicht frei. Er ist groß und zu schwer für das unwegsame Gelände."

„Wir werden sehen, wie er reagiert", wurde man sich einig, „bis jetzt ist uns noch immer etwas eingefallen."

So schrammten sie zur Bergung los.

Auf einmal bemerkte Marcus die Zwerge.

„Wo bin ich denn hier?", fragte er.

„Auf dem *Drachenstein* und wir helfen dir!"

Ruck zuck befreiten sie ihn aus seiner misslichen Lage. „Folge uns!", befahl einer der Zwerge, der wetterfeste Kleidung trug. Sein roter Bart quoll unter der Zipfelmütze und aus dem Kragen des Mantels hervor. Wortlos stiegen sie in die Schlucht des Berges. Marcus sah Licht aus einer

Felsenschlucht schimmern und in diese Richtung bewegte sich ihr Trupp.

„Gerettet", stammelte er, als er durch eine Felsspalte trat. In einer Höhle hatte sich das ganze Zwergenvolk versammelt. Gnomenhaft und doch ernst zu nehmend, blickten sie zu ihm auf. Das Zunftzeichen der Bergarbeiter prangte an der Wand und an beiden Seiten führten Stollen ins Innere des Berges.

Die Zwerge trugen eine Kleidung, die ihn an früher erinnerte. Die Männertracht bestand aus einer kurzen Jacke, Kniehosen mit bunt besticktem Knieriemen und Zipfelmütze. Die weibliche Tracht bestand vorwiegend aus dunklen Wollstoffröcken mit bunt bestickten Rändern, kurzem Samtmieder auf weißen Leinenjacken und einem Zipfelhäubchen. Der rotbärtige Zwerg hieß ihn Platz zu nehmen. Ihm wurde eine Decke und ein heißes Getränk gebracht. So lernte er die Zwerge Nora und Jeremias kennen. Sie waren ihm gleich sympathisch und wohl auch in seinem Alter. Sobald er sich erwärmt hatte, schlief Marcus ein.

Im Traum sprach einer der Zwerge zu ihm. Sie hätten ihn aus der Not gerettet und aus Dankbarkeit solle er ihnen ihre Ruhe und ihre Zuflucht gönnen. So wollten die Zwerge zufrieden sein. Schon einmal hätten sie ein Stück Heimat zurücklassen müssen. Vor 100 Jahren wäre hinter der Marienglashöhle ihr Stollen entdeckt worden und sie seien zur Sippe am *Drachenstein* geflohen. Marcus versprach ihnen zu schweigen.

Als er aufwachte, dämmerte es draußen. Er war ganz allein. Die Zwerge wollen sicher, dass ich gehe und so verließ Marcus sie und kletterte wieder auf die Felswand, um den Weg nach unten zu suchen. Der Abstieg glückte ihm und er war heilfroh, als er wieder festen Boden unter den Füßen hatte. Er holte seinen Rucksack und lief zurück in die hohen Tannen.

Wo mochte Maria sein? Sie würde sicher Hilfe holen. Er durfte jedoch die Zwerge nicht in Gefahr bringen. Die guten Geister hatten ihn gerettet und er würde sein Versprechen halten. Nach einiger Zeit schmerzte sein verletzter Fuß wieder, aber es kam ihm plötzlich so vor, als wüsste er den Weg zurück. Hatten da die Zwerge ihre Hände im Spiel?

In der Zwischenzeit war es dunkel geworden, aber der Mond und die Sterne leuchteten am Himmel. Plötzlich hörte er Geräusche, Knacken im Unterholz und von weither Stimmen. Erst rief er, dann lief er humpelnd in diese Richtung, die Suchaktion war erfolgreich, sie hatten sich gefunden.

Maria schrie fast: „Wo warst du denn, ich bin fast verrückt geworden vor Angst?!"

Marcus berichtete von dem Sturz und von der Strahlung am Felsen, die jedes Telefonieren unmöglich machte. Das Zwergenvolk verschwieg er. Die Eltern waren zufrieden, dass sich die Rätsel lösten und man fuhr glücklich heim.

Als die Geschwister am nächsten Tag die Karte studierten, konnten sie den *Drachenstein* nicht finden. Er war nicht eingezeichnet! Doch sie entdeckten einen anderen Platz für ihr neues Vorhaben.

„Maria, ich werde eine Mühle in den Bach bauen."

„Überall musst du deine Wassermühlen hinbauen", lachte sie.

„Aber du sitzt doch auch gern am Bach und hörst dem Klappern und Rauschen zu!"

Sie erledigten noch einige Vorbereitungen für den Ausflug und machten Skizzen für den Weg. Denn dieses Mal wollten sie die Clique mitnehmen und hofften, dass ihr Platz für das Camping gewählt würde. Den Eltern mussten sie versprechen, dass sie keine Klettertour unternahmen und das taten sie gern.

Am nächsten Wochenende war es dann soweit. Ihre Freunde waren überrascht, ganz in der Nähe solch einen urigen Wald zu entdecken. Sie ließen sich an einem Hügel nieder, an dem der Bach einen Knick machte. Dort hielten sie ihr Picknick, mit dem Spirituskocher kochten sie Tee und wärmten Konservendosen auf. Maria entdeckte Steine, in denen Goldpünktchen eingeschlossen waren, die in der Sonne glänzten und ihre Freundinnen begannen sofort auch mit der Suche nach dem Gold.

„Das ist Katzengold", wussten die Jungen, „kein reines Gold." Aber es funkelte goldig und das war die Hauptsache. Als die Jungen ihre Mühle in den Bach bauten, kam ein kleines Holzboot angeschwommen. Es war äußerst liebevoll geschnitzt. Marcus rief gleich: „Das ist selbst gebaut, nicht im Laden gekauft, mal sehen, wem es weggeschwommen ist!" Aber es kamen keine Spaziergänger hinterher.

Da wurde er auf einmal nachdenklich. Als er das Boot nun genauer ansah, fiel ihm auf, dass alles so klein und zierlich war. Es erinnerte ihn an die Zwerge, die nicht weit vor hier hausten, und der Bach floss an ihrer Siedlung vorbei.

Ein Gruß von Nora und Jeremias!

Er schaute sich um, aber von den Zwergen war nichts zu sehen. Jedoch war er sich ganz sicher, dass sie in ihrer Nähe waren.

Er würde ihnen seine Wassermühle da lassen.

Vielleicht gab es ja doch noch einmal ein Wiedersehen. Auf dem Heimweg sangen die Mädchen leise: „Es klappert die Mühle am rauschenden Bach, klipp-klapp ..."

Die Hexen vom Goldberg

1. Teil Das Hexchen

Am dunklen Nachthimmel funkeln die Sterne. Über dem *Goldberg* rauscht der Nachtwind in den Bäumen. Im Mondlicht sieht man, wie eine Hexe, auf einem Besen reitend, hinunter ins Dorf saust. Es ist das Hexchen auf der Suche nach Freunden. Hier oben ist es so einsam, deshalb sehnt es sich nach Spielkameraden.
Obwohl die große Oberhexe, Wadelinde, strengstens verboten hat, Kontakt zu Menschen und Menschenkindern aufzunehmen, will Hexchen sich nun endlich Freunde suchen.

Ganz unten im Dorf stehen noch alte Häuser wie früher, Höfe mit Scheunen und Ställen für das Kleinvieh und Tauben auf dem Dach. Der *Goldberg* zog schon immer die Menschen magisch an, inzwischen wurden neue Häuser gebaut, bis an den Hang hinauf. Dadurch kamen viele junge Leute und Kinder in den Ort. Vor der Stadt zu wohnen und dazu noch so nah am Wald, ist herrlich.

Ein Rudel Rehe äst im Mondlicht, die Wildschweine sind längst wieder von den Feldern zurück und haben sich ins Dickicht verkrochen, um zu schlafen.

Das Hexchen fliegt mit seinem Besen große Kreise, bis ihm ganz schwindlig wird. Dort unten sieht es etwas leuchten und steuert gleich in diese Richtung. Nachts werden doch die Straßenlaternen abgestellt - wer ist denn da noch auf den Beinen?

Neugierig versucht es, etwas zu erspähen.

An der Straße, die zum *Goldberg* führt, blinkt es immer wieder auf. Als es auf der Wiese im Gras landet, piekst etwas fürchterlich an seinem Fuß. Es bekommt einen Riesenschreck, zumal es ein schlechtes Gewissen hat, weil es sich zu weit in Menschennähe gewagt hat. Ein Igel schaut es verdutzt an. Noch mal Glück gehabt!

Das Hexchen ist erleichtert, dass sein kleines Abenteuer so glimpflich verlaufen ist. Aber noch immer weiß es nicht, woher das Licht kam. Es will gerade durch die Fenster schauen, da hört es, wie die Eulen vom Friedhof zur Jagd ausfliegen. Die Eulen sind mit den Hexen sehr befreundet und würden alles verraten. Schnell versteckt es sich hinter dem Haus, noch ein Blick auf die Hausnummer, eine 6, das kann es sich gut merken. Eine magische Zahl, das ist ein guten Omen. Ich komme bald wieder her, flüstert Hexchen leise und schwingt sich auf seinen Besen.

Während es in Richtung Wald fliegt, denkt es darüber nach, was es über die Zahlen und die

Zeiteinteilung gelernt hat. Die 12 ist eine heilige Zahl, in 12 Monate wird das Jahr eingeteilt. Die 6 ist eine magische Zahl, 60 Minuten hat eine Stunde und 60 Sekunden eine Minute. Auch ein Hexchen muss wissen, wann der Hexensabbat ist und das wichtigste natürlich, die Walpurgnisnacht. Bald ist es soweit, im April tanzen dann die Hexen um ein großes Feuer und es wird die ganze Nacht gefeiert. Die Hexen kommen von weit her, immer zu ihren bekannten Plätzen. Hexentanzplätze gibt es viele, aber bisher ist unser kleines Hexchen noch nicht eingeführt worden in die Schar der großen Geister.

Maria und Marcus radeln die Goldbergstraße hinauf, zum *Goldberg*. Für die beiden ist der Wald ein toller Abenteuerspielplatz und Unterschlupf zugleich. Auf dem Volksfest haben sie erfahren, dass dort früher in einem Goldbergwerk Gold geschürft wurde. Aber niemand weiß mehr genau, wo das war. In einer alten Chronik wird darüber erzählt.

Die Kinder steigen vom Rad und schauen mit ihren Ferngläsern, ob sie auch nicht beobachtet werden. Denn in der Nähe haben Jugendliche eine Wetterhütte gebaut.

„Es sieht alles ruhig aus, es ist vermutlich noch niemand da", stellt Marcus fest, „wenn wir auf direktem Weg zur unserer Höhle weiterfahren, entdeckt vielleicht jemand unser Versteck. Am sichersten ist es, wenn wir auf dem Feldweg bleiben und hinter der Obstplantage an den Waldrand gelangen. Das ist ein Umweg, aber wir hinterlassen keine Spuren."

Maria ist einverstanden, sie wollen ihr Geheimnis hüten, denn es ist ihr Spielplatz, den *sie* entdeckt haben. Ihre Räder schieben sie ins Unterholz und verschwinden im Wald. Hier taucht alles in grünes Licht und es riecht nach Moos und Pilzen. Der Boden ist weich wie ein Teppich. Sie orientieren sich an einer großen Tanne, hinter dem Farngebüsch ist es.

Vorsichtig kriechen sie auf den Felsen und rutschen die Felsspalte hinunter in ihre Höhle. Sie fühlen sich so wohl in ihrem Versteck, merken jedoch nicht, dass sie beobachtet werden. Das kleine Hexchen fliegt von einer Eiche auf den Felsen und lauscht gespannt ihrer Unterhaltung.

„Wir müssen weiter in der Chronik lesen, damit wir das Goldbergwerk finden, aber nachts zu lesen ist sehr anstrengend. Jetzt hätten wir Zeit dazu, das nächste Mal packe ich sie mit ein und auch Proviant; wenn wir jetzt ein Picknick machen könnten, wäre das schön", schwärmte Maria.

Wie es der Zufall so will, wird jetzt dem Hexchen klar, warum es damals nachts noch Licht gesehen hat. Die Kinder haben heimlich gelesen! Die beiden gefallen ihm, doch wie kann ich mich ihnen zeigen, ohne dass sie sich erschrecken? überlegt es. Schnell hext es ein paar Hexensprüche, die immer gut sind. Jetzt machen sie ihm wirklich Spaß, sonst *musste* es täglich so und so viele Hexereien machen. Aber in eigener Sache findet es das einfach toll. Mit einem Luftsprung reitet es auf dem Besen durch die Lüfte, um wieder in der Nähe der Kinder zu landen.

Oben vom Waldweg hören Maria und Marcus ein Geräusch, das ist ein Jeep.

„Der Förster kontrolliert sein Revier", weiß Marcus. „Als wir im Winter mit den Eltern hier waren, um die Rehe zu beobachten, kam er auch hier lang."

„Nur gut, dass er uns nicht entdecken kann", freut sich Maria.

Auch das Hexchen hat sich wieder in den Bäumen versteckt. Hui, es kommt richtig außer Atem. Jetzt ist wenigstens hier mal was los.

Maria und Marcus gehen wieder so leise zurück, wie sie gekommen sind. Als sie den Berg hinunter fahren, schaut das Hexchen ihnen nach, jetzt ist es wieder allein im Wald. Aber bald will es die beiden Kinder besuchen.

Maria und Marcus begegnen hinter den ersten Häusern einem Jungen.

„Wo wart ihr zwei denn?", fragt der neugierig.

„Ach, wir sind ein bisschen rumgefahren", antworten sie gleichzeitig und sehen sich grinsend an. Beide hatten sich versprochen, ihr Geheimnis zu hüten, bis sie sicher waren, einen Würdigen zu finden oder die Höhle bliebe ihr Geheimnis.

Die nächsten Tage sind verregnet, Maria und Marcus haben keine Gelegenheit, auf den *Goldberg* zu gehen. Mit den Rädern fahren sie zwar bis zur Wiese, wo die Schafe weiden, dann wird es aber zu nass.

„Wenn es heute Nacht nicht regnet, gehen wir morgen wieder in unsere Höhle", freuen sie sich schon.

Ihre Kinderzimmer haben sie längst aufgeräumt, natürlich nicht freiwillig. Aber bei trübem Wetter fällt den Erwachsenen immer so etwas ein.

Als Marcus am Fenster steht, denkt er, wenn man das Wetter verhexen könnte, das wäre toll. Da könnten wir mal wieder in den Wald. Zufällig schnippt er dreimal mit seinen Fingern, auf einmal gibt es einen Luftzug und er hört ein Kichern und Lachen. Er dreht sich um, weil er annimmt, dass ihm seine Schwester wieder mal einen Streich spielt - aber es ist niemand da.

Als er zum Fenster sieht, um nach ihr Ausschau zu halten, merkt er, dass sein Wunsch in Erfüllung gegangen ist: Es ist strahlender Sonnenschein! So ein Zufall, denkt er. Aber doch ein bisschen komisch. Heute ist es schon zu spät für einen Ausflug in den Wald, aber morgen können wir wieder hin.

Maria und ein paar Freundinnen kommen gelaufen, er holt seinen Fußball und rennt zu ihnen.

Als sie abends nach Hause gehen, erzählt Marcus seiner Schwester, was er erlebt hat. Da sie das Wetter nun wirklich nicht übersehen kann, schlägt sie einen Test vor.

„Dann mach das doch noch mal, dann glaube ich dir", spornt sie ihren Bruder an. „Was soll ich mir denn wünschen? Das ist gar nicht so einfach. Mal überlegen: Mama und Papa waren traurig, weil der Rasen nicht so richtig wächst und die Blumen nicht blühen."

„Also aufgepasst, ich hexe: Es soll in unserem Garten grünen und blühen", ruft Marcus und schnippt dreimal mit den Fingern.

„Bei der Dunkelheit kann ich nichts sehen", meckert Maria rum, „ich wünsche mir jetzt etwas anderes."

„Na gut", sagt Marcus.

„Von meinen Schulaufgaben habe ich noch nicht alles erledigt, das Gedicht kann ich noch nicht."

„Dann nehmen wir diesen Wunsch." Marcus hext und schnippt. „Alles okay. Sag es auf!"

Maria staunt, dass sie es auswendig kann. „Vielleicht Zufall, aber wenn du hexen kannst, muss doch auch irgendwo eine Hexe sein. Die möchte ich sehen", wünscht sich Maria ein drittes Mal. Marcus runzelt die Stirn, hoffentlich geht das gut. Er murmelt seinen Hexenspruch:

„In in den ersten Frühlingsnächten
lässt's den Hexen keine Ruh,

> sich gesellig zu erfreuen,
> eilen sie den Bergen zu.",

schnippt dreimal, als plötzlich ein Windhauch aufkommt und Kichern zu hören ist, wie beim ersten Mal.

In der Ecke des Zimmers sitzt rittlings auf einem Besen ein kleines Hexchen, mit rotem Rock und Kopftuch, wie aus einem Märchenbuch. Toll staunen die beiden, es lacht und kichert, bis Maria und Marcus mitlachen.

„Wo kommst du denn her?", fragen beide wie aus einem Munde.

„Aus dem Wald, ich habe euch vermisst, da bin ich hergekommen. Was Marcus gehext hat, kannst du auch, Maria. Ihr solltet aber nur gute Taten unterstützen, sonst muss ich euch die Zauberkraft wieder wegnehmen."

Sie versprechen, keinen Unsinn zu treiben. Das Hexchen verabschiedet sich, Marcus weiß noch was von dem Text der Lieder, die zur Walpurgisnacht gesungen werden und ruft:

> „Plötzlich ist vorbei die Mitternacht,
> Hex und Teufel gebet acht!
> All die Feuer sind verloschen, aus!
> Nehmt eure Besen und eilt nach Haus!"

Das Hexchen ruft kichernd: „Bis morgen im Wald!" Und weg ist sie.

Maria will gleich mal ausprobieren, ob sie auch hexen kann. Wenn sie ihr Versprechen einhalten will, muss es eine gute Tat sein. Da fällt ihr ein, seit gestern ist in der Nachbarschaft ein Wellensittich entflogen, der Vogelbauer steht noch im Vorgarten. Sie hext den Wellensittich wieder herbei und schnippt dreimal mit den Fingern.

„Morgen früh schaue ich nach, ob es geklappt hat."

Bis dahin will sie sich noch einige Wünsche ausdenken. Beide gehen erwartungsvoll schlafen und freuen sich auf den nächsten Tag.

Am nächsten Morgen, Mutti und Vati frühstücken schon, als Marcus auf dem Balkon seinen Frühsport machen will. Er staunt, als er runterschaut, der Rasen leuchtet grün und einige Blumen sind aufgeblüht.

„Sieht doch toll aus! Das gute Hexchen!", freut er sich.

Als sie auf dem Weg zum Schulbus sind, schaut Maria noch bei Nachbars zum Vogelkäfig. Da sitzt der grün-gelbe Wellensittich wieder drin. Ganz stolz ruft sie die Nachbarn heraus.

„Schaut mal, wer wieder da ist!" Die Freude ist groß, Maria und Marcus beeilen sich, um den Bus nicht zu verpassen.

Endlich ist es soweit, die Schulaufgaben sind erledigt und nun können sie auf den *Goldberg*. Das Wetter ist genau richtig, beide radeln los. Sie sind gespannt, ob sich ihr Hexchen wieder zeigt. Am Waldrand schieben sie ihre Räder ins Versteck und als sie die Baumwipfel hinauf schauen, ist ihnen, als ob sie von weitem ein Kichern hören.

„Wir gehen erst mal in unsere Höhle", schlägt Marcus vor. Maria packt einige Sachen aus, sie hat eine Taschenlampe mitgebracht, damit sie sich im hinteren Teil der Höhle aufhalten und ungestört mit dem Hexchen reden können. Gleich wird sie sich das Hexchen herbeiwünschen. Ganz aufgeregt sagt sie ihren Spruch:

„Herbei mein Hexchen, herbei", und schnippt dreimal mit den Fingern. Wieder ein Kichern und Rauschen, das Hexchen sitzt bei ihnen. Es lacht und kann gar nicht aufhören, bis Maria und Marcus mitlachen.

Dann hebt es einen Finger und spricht zu den Kindern:

„Ihr dürft niemandem von mir erzählen."

Maria stellt viele Fragen: „Wo kommst du her? Bist du ganz allein? Habt ihr Schulunterricht?"

„Wir leben anders als die Menschen und einmal im Jahr, in der Walpurgisnacht, tanzen die Hexen mit den Teufeln um das Johannisfeuer. Wir halten uns gern in alten Schlössern und Burgen oder in einsamen Gegenden auf oder wie ich in Wäldern und Bergen. Ihr Menschen wisst, dass es uns gibt, aber wir zeigen uns nur „Auserwählten", damit unsere Hexenkraft nicht in falsche Hände gerät.

Es gibt gute und böse Hexen, genau wie bei euch Menschen auch.

In meinem Hexenbuch sind Sprüche, die helfen mir weiter zu kommen. Viele kenne ich schon auswendig, da brauche ich nicht mehr nachblättern. Wie alt ich bin, weiß ich nicht, denn im Hexenreich gelten andere Regeln. Nach Hexenjahren gerechnet, bin ich vielleicht schon 100 Jahre alt, aber nach Menschenalter ungefähr so alt wie ihr.

In die Schule möchte ich gern mal mit euch gehen, um zu sehen, wie ihr lernt."

Maria ist begeistert: „Aber für die 6. Klasse ist sie noch zu klein, zu Marcus in die 5. Klasse passt sie eher hin."

„Geht klar, ich nehme sie mit, in der Pause spiele ich aber mit meinen Kumpels Fußball."

„Wir könnten sagen, dass es oder sie, ja wie heißt es denn, unser Hexchen, dass es bei uns zu Besuch ist, weil seine Eltern verreist sind. Und um nicht zuviel zu versäumen, mit uns zur Schule geht."

„Wir Hexen erlangen einen Namen, der sich nach einiger Zeit von selbst ergibt", kichert es rum.

Maria überlegt, einen Vornamen muss es haben.

„He..., He... so kann er anfangen, kurz und gut, unser Hexchen heißt Henny."

Allen gefällt Henny gut. „Endlich habe ich auch einen Namen", freut sich das Hexchen. „Gesagt, getan, Montag früh holst du uns ab. Deinen Besen kannst du aber nicht mitbringen, sonst sieht jeder, wer du bist", erinnert Marcus.

„Den Besen darf ich nicht außer Acht lassen, oberste Hexenregel!", ruft das Hexchen besorgt.

„Geht das, wenn ich ihn etwas verwandele?"

Verständnisvoll nicken Maria und Marcus.

„Wir müssen aber jetzt nach Hause, sonst kommen wir zu spät zum Abendessen."

Das Hexchen schwingt sich auf den Besen und späht, ob die Luft rein ist, es kreist hoch über den Bäumen. Die beiden schleichen sich aus dem Wald und radeln heim.

Am nächsten Morgen schauen Maria und Marcus aus dem Fenster, aber vom Hexchen Henny ist noch nichts zu sehen. Als sie sich im Flur die Schuhe anziehen, sehen sie, wie draußen etwas Rotes vorbei huscht und hören ein ihnen bekanntes Kichern.

„So albern kannst du aber im Unterricht nicht sein", knurrt Marcus das Hexchen an.

„Guten Morgen", ruft Maria, „wo hast du denn deinen Besen?"

Stolz zeigt Hexchen Henny auf ihren Gürtel, dort hat sie ihn im Kleinformat durchgesteckt. Sie laufen die Straße hinunter zur Bushaltestelle. Dort werden sie mit großem Hallo empfangen.

„Darf ich vorstellen", ruft Marcus, „das ist das Hexchen. Au weia", schlägt er sich auf den Mund, jetzt hat er sich verplappert.

Maria verbessert: „Das ist ihr Spitzname, sie heißt Henny." Zum Glück fährt der Schulbus vor, die Situation ist gerettet, alles stürmt in den Bus. Als sie aussteigen, nimmt Marcus das Hexchen an der Hand, denn es findet sich im Gewühle und Gerangel auf dem Schulhof nicht zurecht.

Im Klassenzimmer bemerkt seine Lehrerin gleich, dass ein fremdes Kind in der letzten Reihe sitzt. Nach der Begrüßung der Klasse fragt sie: „Wir haben wohl eine neue Schülerin?" „Nein", antwortet Henny, „das ist ja wie verhext, ich weiß meinen Namen nicht mehr."

Marcus schaltet sich ein: „Das ist meine Cousine, ihre Eltern sind auf einem Kongress. Allein darf sie nicht zu Hause bleiben, deshalb ist sie zur Zeit bei uns. Sie heißt Henny."

„Und wie weiter?", will die Lehrerin wissen.

Marcus fällt kein Name ein, sein Banknachbar schubst ihn an. „He, Rose, antworte!"

Da sprudelt er heraus: „Henny Rose."

Die Lehrerin ist zufrieden, sie schaut auf ihre Uhr: „Dann mal los, wenn wir unseren Stoff noch schaffen wollen."

In der großen Pause treffen sie sich. Marcus berichtet, wie alles gelaufen ist. Plötzlich kommt Wind auf, Hennys rote und Marias schwarze Haare stehen zu Berge, nur Marcus' kurzer Blondschopf hält dem Wind stand.

„Ene mene meck, drüber weg", hext Henny die Frisuren in Ordnung.

„Schnippe hier nicht rum", zischt Marcus, „das fällt sonst noch auf."

Wie im Flug vergeht der Unterricht, und die Kinder fahren wieder zurück nach *Goldbach*. Im Bus ist wieder das übliche Getobe, die Großen ärgern die Kleinen. Der Busfahrer dreht sich andauernd um, um zu schauen, wer da stänkert.

Maria hält sich die Augen zu, der soll nach vorn schauen, sonst landen wir noch im Graben.

„Hier könnte ich mal was tun", kichert das Hexchen.

Auf einmal fuchteln die drei schlimmsten Rüpel mit den Armen in der Luft herum, sie bekommen einen Hustenanfall und haben erst mal mit sich selbst zu tun.

Im Nu sind sie angekommen, die Dorfkinder laufen ins Dorf hinunter und die vom *Goldberg*, die Goldbergstraße hinauf. Hinter dem Haus hext sich das Hexchen ihren Besen wieder groß und fliegt davon.

„Bis morgen früh", ruft Maria ihr nach, denn heute können sie nicht mehr in den Wald. In der Schule werden Leistungskontrollen geschrieben, sie müssen ihre Nasen in die Bücher stecken. Denn wenn die Zensuren nicht stimmen, gibt es Ärger mit den Eltern, und die Kinder wollen sie auch nicht enttäuschen.

Am nächsten Tag ist es in der Schule wie immer, eigentlich macht es noch mehr Spaß, seitdem das Hexchen mitgeht. Aber eine Woche ist bald vorbei und sie ist wieder im Wald. Die Kinder sind schon traurig, wenn sie nur daran denken.

„Kannst du nicht länger mit uns in die Schule gehen?", fragen sie es einmal.

„Nein", kichert sie, „aber ich kann im Wald mit euch Schule machen."

„Spielen, meinst du", verbessert sie Maria.

„Nenne es, wie du willst, ich weiß jetzt, was ihr noch lernen müßt."

Maria und Marcus schauen sich erstaunt an.

„Das wird sehr lustig und spannend", verspricht ihnen ihr Hexchen.

Marcus will unbedingt wissen, um was es sich handelt.

„Die Tier- und Pflanzenwelt zu verstehen oder Schätze wie Gold und Edelsteine aufspüren."

„Oh, das ist toll. Du kannst uns helfen, das Goldbergwerk zu finden."

„Ja, wenn ihr wollt."

Die Kinder können die Zeit kaum erwarten, sich mit dem Hexchen im Wald zu treffen.

Einige Zeit ist vergangen, die Kinder verbringen ihre Freizeit im Wald auf dem *Goldberg*. Das Hexchen lehrt sie die Natur zu verstehen. Den Kindern macht es Spaß, die Eichhörnchen zu beobachten oder von ihrem Nussvorrat zu knabbern. Sie kennen jetzt auch die Stellen, wo die Walderdbeeren und Pilze zu finden sind. Aber heute will das Hexchen mit ihnen ein Abenteuer erleben. Gespannt nähern sie sich ihrer Höhle. Kaum angekommen, fliegt das Hexchen herbei.

„Wir machen einen ganz natürlichen Zauber, holt ein paar von den Kieselsteinen, die vor der Höhle liegen, herein."

Die Kinder suchen die größten aus. Mit einem Zauberspruch teilt das Hexchen die Kiesel in der Mitte entzwei, das glitzert und funkelt. Die beiden sind ganz begeistert. Durch die Kristalle werden die Sonnenstrahlen bis in den hintersten Winkel der Höhle gestrahlt.

„Ihr wollt doch wissen, wo das Gold herkommt. Dann überlegt einmal. Früher bekamen Siedlungen ihre Namen nach Gegebenheiten. Wie heißt dieser Ort?"

„Goldberg", rufen die Kinder.

„Also wurde hier Gold gefunden. Und wie heißt das Dorf?" „Goldbach", rufen sie wieder. „Den Bach müssen wir suchen. Dort wo er seinen Ursprung hat, sehen wir weiter." Maria blättert in der Chronik und findet die Stelle, wo beschrieben wird, wo die Quelle des Goldbachs zu finden ist.

„Wie die Sage will", liest sie vor, „sind aus dem Springquell unseres Bächleins eines Tages Goldkörner hervor gekommen. Die Quelle liegt zwischen Eberstädter Weg und *Goldberg*. - Das ist gar nicht weit. Das finden wir bestimmt!"

Das Hexchen nickt: „Geht nur, ich werde aus der Ferne zuschauen. Wenn wir allein dort sind, lass ich mich sehen." Maria und Marcus rasen los. So schnell sind sie noch nie den Berg runter gefahren. Sie umfahren das Dorf, dort wo die alte Straße lang führt und sehen Büsche und Weiden. Dort könnte die Quelle entspringen. Als sie ankommen, merken sie am feuchten Erdreich, dass die Quelle nicht weit sein kann. Jetzt sehen sie den Bach und laufen ihm entgegen. Da sehen sie, wie das Wasser aus dem Boden quillt, sie ziehen ihre Schuhe aus und steigen ins eiskalte Quellwasser. Die Kinder kühlen auch ihre Hände ab und berühren dabei die Steine im Grund. Auf einmal glänzt und glitzert ein großer Steinbrocken.

Gemeinsam lösen sie ihn und bringen ihn ans Ufer. Voller Freude entdecken sie, dass sie Gold gefunden haben.

Das Hexchen steht hinter ihnen und sagt: „Ich wusste, dass ihr das ganz allein schaffen werdet. Ihr werdet glücklich sein bis ans Lebensende."

Genauso war es in den Märchen und Sagen, schon vor hunderten von Jahren.

Die Hexen vom Goldberg

II. Teil   Hexenspuk mit den Teufeln

Einige Jahre sind vergangen.

Der Mond scheint über dem *Goldberg*, gespenstisch wirken Wald und Wiesen. Die Bäume werfen lange Schatten.

Im Dorf heulen die Hunde, das Mondlicht lässt sie nicht zur Ruhe kommen. Vor hunderten von Jahren war es schon genau so, dieselbe Szene, nur, dass damals auch noch Wölfe heulten.

Die Hexen tanzen über den *Goldberg*, sie kreischen und kichern. Sie wollen die Teufel ärgern, die auf dem Teufelsberg hausen.

Das Hexchen versteht nicht, warum sie so einen Spaß haben und immer in Richtung des Teufelsberges ihr Schauspiel vollführen.

Seine Tante, die Hexe Adelgunde, eine engelhafte blonde Hexe mit hagerer Gestalt, die Edelsteine besonders liebt, nimmt es beiseite und erklärt ihm tröstend, dass es das noch nicht versteht. Das Hexchen weiß, dass seine Tante Adelgunde so gern einen Kieselstein vom Teufelsberg hätte. Daraus könne sie einen besonderen Hexenzauber machen, hat sie ihm schon öfter erzählt. Und nun möchte unsere kleine Hexe ihr gerne eine Freude machen, weil die Tante so oft mit ihr die Hexensprüche geübt und das Hexenfeuer gehütet hat.

Ob sie die Menschenkinder, Maria und Marcus, bittet, ihr behilflich zu sein, einen Kiesel vom Teufelsberg zu holen?

Das Naturschauspiel ist vorbei, der Mond ist untergegangen, die Sonne strahlt am blauen Himmel. Die Vögel zwitschern, auf den Wiesen sind die Blumen aufgegangen. Die Tauben im Dorf fliegen zur Futtersuche auf die Felder hinaus.

Maria und Marcus schauen beim Frühstück aus dem Fenster. „Tolles Wetter", stellen die Kinder fest.

„Aber wir haben noch viel zu tun", erinnert sie die Mutti. „Heute Nachmittag bekommen wir Besuch, und ich weiß noch nicht, was ich für eine Bowle mache."

„Wir machen kein großes Theater", schlägt der Vati vor, „wir grillen Würstchen und können bei dem schönen Wetter draußen sitzen. Das wird allen gefallen."

„Aber die Bowle", jammert die Mutti.

Die Kinder wissen Rat, sie wollen in den Wald und schauen sich vielsagend an.

„Ach, sucht ihr noch immer das Goldbergwerk?" fragt der Vati, um vom Haushaltsstress abzulenken.

„Ja, natürlich."

Marcus erzählt: „Wir haben eine Flurbezeichnung entdeckt, das ‚Schachtgelänge' das beweist, dass Mönche, die auch die Kirche erbauten, Gold geschürft haben. Es führt zum Goldbach, wo das Gold gewaschen wurde."

„Interessant, das müsst ihr mal zeigen."

Maria meldet sich zu Wort und schnippt mit den Fingern, wie in der Schule, wenn sie nicht drankommt.

„Wir holen Walderdbeeren, ich weiß, wo es viele gibt. An einem Hang auf dem *Goldberg*, da ist alles voll. Sie schmecken wunderbar, und da sie klein sind, braucht man sie nicht zerschneiden!"

Die Mutti ist einverstanden: „Wenn der Waldmeister noch nicht blüht, bringt mir auch ein Sträußchen mit. Da mache ich eben beides. Seid aber bitte bald zurück", ermahnt sie die Kinder. „Ich brauche wenigstens 1 Pfund Walderdbeeren!", ruft sie den davonlaufenden Kindern nach.

Auf dem Weg zum *Goldberg* erinnert Marcus Maria an ihr Fingergeschnippe am Frühstückstisch.

„Sei mal vorsichtiger. Wenn du unser Hexchen herbeigerufen hättest! Schade, dass wir unsere Eltern nicht einweihen können."

Maria ist ein wenig traurig darüber. Aber die Vorfreude auf den Wald lässt es sie bald vergessen.

Erst laben sie sich an den vollreifen Walderdbeeren. Nur gut, dass sie einen kleinen Spankorb mitgenommen haben, denn die Beeren dürfen nicht gedrückt werden. Marcus sucht indessen den Waldmeister, kann aber keinen entdecken.

Da ruft er das Hexchen herbei. Es ist erstaunt, dass sie schon so früh da sind.

„Wir haben heute Nachmittag Gäste", erzählt Maria, „und wollen alles besonders schön herrichten. Sie kommen aus Gotha, unserem Geburtsort."

„Henny!", ruft Marcus. Das Hexchen dreht sich um und freut sich. Da es auf dem *Goldberg* so gerufen wird, ist ihr Rufname Henny besiegelte Sache.

„Weißt du, wo der Waldmeister wächst?" Es schüttelt den Kopf.

„Aber ich frage mein Hexenbuch, bin gleich zurück."

Im Nu rauscht es durch die Lüfte, hin und her, das Zauberbuch in den Händen.

Es hext:

> „Natur in meinen Bann,
> zeige mir den Waldmeister an."

Und vor ihren Augen sehen sie wie in einem Film den Standort.

Er wächst in der Mulde, Richtung oberer Weg. Maria staunt über die Vision, sie greift danach, da ist die Luftspiegelung weg. Gemeinsam suchen sie die Stelle und pflücken ein Sträußchen Waldmeister. Maria schaut neugierig auf das Buch in Hexchens Arm.

„Ist das ein Poesiealbum?"

„Nein. Aber was ist denn das?"

„Da schreibt man schöne Sprüche für Freunde oder Schulkameraden ein. Ich habe schon das zweite Album angefangen", erklärt Maria stolz.

„Wir müssen langsam los", erinnert Marcus, „die Höhle können wir auch nicht mehr aufsuchen. Morgen, am Sonntag, haben wir mehr Zeit."

„Schreibe mir schnell einen Spruch hinein", fleht das Hexchen und hält ihr Hexenbuch hin.

Im Moment fällt Maria kein Spruch ein, aber dann schreibt sie mit dem Zauberstab in die Ecken der Seiten

„In allen vier Ecken"
und in die Mitte
„soll Liebe drin stecken
Deine Maria",

malt eine Rose und Marcus schreibt seinen Namen

„Dein Marcus"

„Zu Hause habe ich schöne Sprüche", schwärmt Maria.

„Das können wir später immer noch machen", drängelt Marcus nach Hause. Das Hexchen begleitet die Kinder an den Waldrand zu ihren Rädern, und sie kommen gerade noch pünktlich heim.

Die Eltern sind bei den Vorbereitungen, der Vati holt den Grill aus der Garage. Die Mutti deckt die Kaffeetafel. Auf der Mitte des Tisches prangt ein

Sträußchen Veilchen, das Maria mit gepflückt hat. Es wird ein schöner Nachmittag, den Gothaern gefällt es gut hier. Da bis zum Grillen noch Zeit und das Haus längst besichtigt ist, wird zum Spaziergang aufgebrochen. Hinter den Häusern entlang, den Berg hinauf zum *Goldberg*. Die Abendsonne taucht alles in einen roten Schein.

Vom Berg weht den Spaziergängern der Wind entgegen.

„Das ist eine windhöfige Gegend", erklärt der Vati seinen Gästen.

Maria und Marcus haben längst entdeckt, dass das Hexchen sie begleitet. Es hat ihnen einmal erzählt, dass wenn der Wind rauscht, die Hexen auf dem *Goldberg* ihre Zauber machen.

Als sie den Bergweg hinauf gelaufen sind, bietet sich ihnen eine herrliche Sicht ins Tal auf der anderen Seite.

„Dort liegt der Kranberg und dort seht ihr Gotha", erklärt Maria, „dort ist das Schloss Friedenstein."

Alle sind begeistert von dem Panorama.

„Durch den Wald können wir jetzt nicht mehr laufen, wir gehen diesen Weg zurück."

Die Kinder sind über den Vorschlag von Vati froh, denn das Hexchen hat ihnen verboten, in der Dämmerung durch den Wald zu gehen.

Auf dem Teufelsberg ist die Hölle los. Die Teufel haben ein Feuer angezündet und machen Ramba-

Zamba. Übermütig springen die bocksbeinigen Gesellen und scharren mit den Bocksfüßen. Sie brauen ein Gesöff, um sich zu berauschen. In den Ästen der alten Eiche räkeln und schwingen sich die alten Teufel und lassen sich vom Dunst aus dem Kessel benebeln. Ihre Blutsbrüder, die Fledermäuse, sind vom nahen Wangenheimer Stausee rüber geflogen. Mit weit gespannten Flügeln schießen sie zick-zack-artig durch die Dämmerung. Aus der Hölle dringen schweflige Dämpfe an die Oberfläche hervor. Durch die beiseite geschobenen Felsbrocken züngelt ein Lichtschein roten Höllenfeuers empor, der durch das Auf- und Abfahren der Teufel schemenhaft flackert.

Ein teuflisches Desaster, das einem Menschen das Blut in den Adern erstarren ließe.

Das Hexchen schaut vom Grenzberg hinüber zum Teufelsberg. Es hat sich in den höchsten Wipfeln versteckt und beobachtet das Treiben der Teufel. Näher darf es sich nicht heranwagen, sonst gerät es in den Bann des Bösen und kann nicht mehr zurück. Es zittert vor Angst und Kälte und spürt das Grauen in sich hochsteigen. Es erinnert sich an die Mahnung, nie weiter als bis zum Grenzberg an die Teufel heranzugehen, da dort die Grenze zwischen Gut und Böse ist. So sieht es natürlich auch keine Möglichkeit, an einen der roten Kieselsteine heranzukommen, von denen seine Tante Adelgunde doch so gern einen hätte. Die Menschenkinder würden ihr sicher den

Gefallen tun, aber es will sie nicht in Gefahr bringen. Denn die Teufel sind ein böses Volk. Vorsichtig verlässt das Hexchen seinen Ausguck, denn die Fledermäuse sind sehr hellhörig. Es schleicht sich hinunter ins Dickicht. Als es sich etwas von dem Anblick der Teufel erholt hat, reitet es mit seinem Besen wieder in Richtung *Goldberg*. Je weiter es vom Teufelsberg weg fliegt, umso froher wird es ihm ums Herz. Morgen, wenn Maria und Marcus wieder in den Wald kommen, will es ihnen alles erzählen.

Es ist die Zeit, zu der die Kinder immer auf den Goldberg kommen, das Hexchen hält auf seinem Besen reitend Ausschau nach den beiden. Da endlich hat es sie entdeckt! An einem Hollunder-busch, der voller Blüten steht. Was treiben die beiden da? Das Hexchen nähert sich ihnen, ohne dass sie es bemerken. Zwei Elstern hüpfen halb fliegend über die Wiese. Marcus klatscht in die Hände, da fliegen sie hoch, kommen aber dreist zurück.

„Wir müssen ihr Nest suchen, da finden wir be-stimmt tolle Sachen drin, denn Elstern sind sehr neugierig und stehlen alles, was blinkt und glit-zert", weiß Maria.

Als sie unten im Dorf beim Frettchen-Hof war, um sich die Frettchen anzusehen, hatte sie gehört, wie die Erwachsenen sich unterhielten. Man hätte in Elsternestern schon Glasscherben, Kaffeelöffel, aber auch Schmuckstücke gefunden. Beim Herumtollen entdecken die Kinder jetzt ihr Hexchen. „Henny", rufen sie und winken es herbei. Völlig abgehetzt und matt vom Duft der Hollunderblüten setzen sie sich mit ihrem Hexchen auf die Wiese. Es erzählt ihnen vom Teufelsberg und von dem Geschenk, das sie ihrer Hexentante Adelgunde machen will. Gemeinsam blättern sie im Hexenbuch, können aber keinen Zauber finden, der den Bann der Teufel umgehen kann.

Als sie sich voneinander verabschieden, kommt es ihnen vor, als ob das Gelb der Trollblumen noch nie so schön über dem Grün der Wiese geleuchtet hätte, die Schmetterlinge und Bienen summen und ein leiser Hauch des Windes umweht sie.

Die Turmuhr der Peterskirche schlägt acht Mal, durch die offenen Schlafzimmerfenster kann man sie gut hören. Wenn auch die Glocken der Kirche sehr viel lauter klingen, ist der Schlag der Turmuhr manchmal von Vorteil. So auch heute, die Kinder beeilen sich mit dem Anziehen, leise gehen sie die Treppen hinunter, denn die Eltern schlafen noch.

Die Rucksäcke stehen schon auf der Küchenbank, Maria belegt ein paar Brote und packt sie mit den Frühstückseiern und einigen Äpfeln ein. Sie machen ein Picknick, denn an der frischen Luft schmeckt es einfach besser.

Marcus sucht indessen eine Wanderkarte heraus. Während sie ihren Frühstückstee schlürfen, besprechen sie die Route für ihre Radtour. Es ist ein herrlicher Morgen, zuerst fahren sie zur Goldbachquelle. Hier haben sie vor Zeiten ihr erstes Abenteuer bestanden und Gold gefunden. Heute, beim Aufbruch von zu Hause haben sie noch einmal kurz in die Vitrine geschaut und beim Funkeln der dort aufbewahrten Steine die magische Ausstrahlung der Goldklümpchen gespürt.

An der Quelle erfrischen sie sich am kühlen Wasser und trinken es aus ihren Händen. Gern wären sie noch geblieben, aber sie haben doch noch etwas viel Wichtigeres vor. Sie wollen die andere Seite des Tales erkunden und weitab von Straßen und Wegen bis hin zum Teufelsberg kommen. Den Weg bis zum Grenzberg kennen sie schon. Dorthin haben sie gelegentlich von der Schule aus Exkursionen zum Malen in der freien Natur gemacht. Bei den Bänken wollen sie Rast machen.

„So weit, so gut - aber wie kommen wir weiter?", fragt Maria ihren Bruder, während sie ihren Rucksack zuschnürt. „Jetzt durchqueren wir das Gelände nach der Karte. Um auf den Teufelsberg zu gelangen, kannst du nicht einfach an der Bushaltestelle eine Fahrkarte lösen - einmal Teufelsberg und zurück, dorthin gibt es keine Straße."

„Das weiß ich auch", mault Maria. „Ein bisschen Angst habe ich schon, dorthin zu gehen, wo keine Menschenseele zu Hause ist."

„Henny kann doch nicht hin, du weißt schon warum, aber wir. Zu zweit schaffen wir das schon", tröstet Marcus.

Sie schieben ihre Räder auf der anderen Seite des Grenzberges hinunter und können nun wieder ein gutes Stück fahren.

Die Sonne scheint warm und sie sind froh, wieder in ein Gebiet mit schattigen Bäumen zu kommen. Sie machen Halt, um sich auszuruhen.

„Weißt du was, wir werden die Räder hier an den Bäumen festmachen und weiter laufen. Der Weg steigt an und wir machen uns nur unsere Felgen kaputt", schlägt Marcus vor. Gesagt, getan. Sie laufen zu Fuß weiter, immer bergauf. Der kleine Pfad verzweigt sich mehrmals, bis auf einmal kein Weg mehr da ist. Gestrüpp und Brennesseln versperren ihnen den Zutritt zum Wald.

„Das ist ja wie im Märchen bei Dornröschen, wir kommen nicht durch die Dornen hindurch", jammert Maria herum. Das stachelt Marcus erst recht an, er sucht sich einen Knüppel und schlägt den Weg frei. Er packt seine Schwester bei der Hand und sie wagen sich hinein in den Wald.

„Jetzt sind wir auf dem Teufelsberg", flüstert er ihr zu.

Im Wald ist es dunkel, so dicht ist er. Marcus schaut auf den Kompass, um die Marschrichtungszahl festzulegen, damit sie nicht im Kreis laufen. Viele Wanderer verirren sich, weil sie nicht auf die Himmelsrichtung achten. In unübersichtlichen Gegenden verliert man leicht die Orientierung und geht im Kreis.

„Wenn man keinen Kompass zur Hand hat, kann man sich auch an der bemoosten Seite der Bäume orientieren", erklärt er Maria. „Keine Angst, wir kommen hier wieder raus, sogar an der gleichen Stelle. Aber den Knüppel behalte ich besser bei mir."

Sie laufen, es ist mucksmäuschenstill. Plötzlich hören sie eine Stimme im Singsang:

„6 x 6 = 36,
ist der Lehrer noch so fleißig,
und der Schüler liederlich,
und der Bock heißt Frie - de - rich".

„Hast du das gehört, da ist jemand. Aber so ein komischer Spruch, wer kann das denn sein?"

Da hören sie, noch schriller, den gleichen Reim noch einmal. Die Kinder gehen in dieser Richtung weiter, da vorn ist eine Lichtung.

„Meck, meck, meck!" Sie trauen ihren Augen kaum, ein kleiner Junger meckert herum wie ein Ziegenbock.

„Hallo, du bist wohl der Friederich", ruft Maria.

Er schüttelt den Kopf und rennt weg. Hinter einem Baum hält er sich versteckt. Maria holt einen Apfel aus dem Rucksack und beißt herzhaft hinein.

„Wenn du auch einen willst, musst du herkommen.

Marcus hat es sich inzwischen auf einem umgestürzten Baum bequem gemacht. Plötzlich ist der Kleine wieder da und streckt die Hand nach dem Apfel aus.

„Erst musst du sagen, wie du heißt", forscht Maria weiter. „Na, wie wirst du denn gerufen?"

„Belzebub! Belze - Bub! Der Kleine reißt ihr den Apfel aus der Hand.

„Schrei doch nicht so, wir wollen uns ein bisschen unterhalten", versucht sie es weiter. „Du bist also der Belzebub. Erzähl mir mal, wo wir schöne Steine finden, wir sammeln welche, verstehst du."

Doch der Belzebub springt wie ein Ziegenbock umher.

„Fehlt nur noch, dass du Hörner hast", stellt Maria treffend fest. Schon fasst sich der Belzebub an die Stirn und reibt, man sieht bereits kleine Ansätze. Erschrocken hält Maria sich den Mund zu.

„Um Gottes Willen, der Belzebub ist ein ...", sie traut sich nicht weiter zu denken. Was hat die Uromi immer zu meiner Mama gesagt? „Alles, was Hörner hat, stammt vom Teufel ab!" Oder: „Kind, male den Teufel nicht an die Wand!"

„Was scharrt der denn da?", ruft Marcus seiner Schwester zu. Neugierig schaut sie nach.

„Hier sind Steine für uns. Danke dir Belzebub!"

Sie kann nicht weiter sprechen, denn plötzlich donnert und blitzt es. Die Blitze schlagen direkt vor ihr ein, dass die Funken stieben. Marcus kommt mit den Rucksäcken zu Hilfe, sie sammeln die Steine ein, die noch heiß von den Blitzen sind. Der Belzebub aber ist verschwunden, wie vom Erdboden verschluckt.

Sie rennen durch den Wald zurück, den Teufelsberg hinunter. Dunkle Wolken ziehen am Himmel auf, der Donner begleitet sie, bis sie mit Rädern die Felder erreicht haben. Jetzt fühlen sie sich sicher. Der Wind vertreibt die Gewitterstimmung. Bei der Gartenanlage am Grenzberg machen sie Halt, um ihre Beute zu begutachten. Sie haben einen großen, roten, dreikantigen Kieselstein und drei kleine Kiesel mit Hilfe vom Belzebub gefunden.

„Ob er Ärger bekommen hat, weil er sie uns gezeigt hat?" „Bestimmt, umsonst ist das Gewitter nicht losgegangen, als wir diese mystischen Kiesel sahen!"

Beim Verstauen der Steine entdecken sie, dass durch die kleinen Kiesel ein Loch hindurch geht. So kann man sie als Talisman um den Hals tragen. Die Kinder sind sich einig, dass sie nur ihrem Hexchen alles erzählen dürfen. Uneingeweihte würden das alles nicht verstehen.

Weiter geht die Fahrt, schnell sind sie wieder in Goldbach. Heimwärts ist man immer schneller. Als sie durch den Ort fahren und an der Eisdiele vorbeikommen, ist dort viel Betrieb. Ohne zu zögern, fahren sie heran und holen sich eine Eiswaffel. Zu Hause haben sich die Eltern inzwischen Sorgen gemacht. Sie wissen zwar, dass Maria und Marcus sich ihre neue Heimat selbst erobern wollen, kennen aber auch die Gefahren, die dabei zu bestehen sind. Aber sie können sich auf die beiden verlassen und sitzen wartend auf der Terrasse ihres weißen Häuschens, das von den Kindern liebevoll „Sanssouci", „sorgenfrei", wie das Schloss in Potsdam genannt wird. Wohl auch, weil die Eltern dort geheiratet haben.

Maria und Marcus kämpfen sich radelnd die Steigung des *Goldberges* hinauf, von weitem leuchten ihnen die blühenden Rosen der Hecke entgegen. Endlich wieder zu Hause, die Freude ist groß. Gemeinsam sitzen sie beim Kerzenschein des Windlichtes und erzählen von ihrem Ausflug. Marcus berichtet stolz ausführlich über die Fahrtroute, Maria ist fast fertig mit dem Knüpfen der Bänder für die Kieselsteinanhänger.

Die Mutti staunt: „Wie ihr das nur macht, dass ihr immer so hübsche Sachen findet.

„Wir sind ja auch viel unterwegs und erleben tolle Abenteuer", schmunzeln die Beiden.

Das Hexchen ist vollauf beschäftigt mit den Vorbereitungen zum Hexensabbat und hat deshalb gar nicht bemerkt, dass die Kinder es noch gar nicht zum Spielen im Wald gerufen haben. Aber gerade, als es an sie denkt, spürt es einen Zauber, der es zu ihnen ruft. So spät noch, aber es schwingt sich auf seinen Besen und reitet hinunter ins Tal. Seit der Freundschaft mit den Kindern nimmt es vieles wichtiger und verantwortungsbewusster als zuvor.

„Da unten ist ja das Dornröschenschloss", freut es sich und landet auf dem Balkon.

„Hallo Henny!", rufen die beiden. Sie platzten bald vor Neuigkeiten und wissen gar nicht, wer zuerst berichten soll. Das Hexchen runzelt die Stirn, als sie vom Teufelsberg berichten.

„Der Belzebub", flüstert es und traut sich gar nicht, den Namen laut auszusprechen, „ist ein Abkömmling der Teufel! Pfui Teufel!", schüttelt es sich. „Aber er hat euch geholfen, deshalb haben die Teufel Himmel und Hölle in Bewegung gesetzt, um euch loszuwerden."

Die Kinder nicken: „Das kannst du glauben!"

Maria holt die drei Kieselsteinanhänger herbei und hängt sie Henny, Marcus und sich um den Hals. Marcus nimmt den großen roten Kiesel aus dem Rucksack hervor und legt ihn dem Hexchen in die Hände. Einen Moment halten sie inne, dann ruft das Hexchen erstaunt: „Wie ein versteinertes Herz!"

„Ja, jetzt wo du es sagst, sehe ich es auch!", bestätigt Maria. „Du solltest den roten Kiesel als erste sehen, liebe Henny. Wir haben dieses Abenteuer nur für dich auf uns genommen und zum Glück ist alles gut ausgegangen. Wir wollten dir eine Freude machen und der Kieselsteinanhänger soll unsere Freundschaft besiegeln. Denn alle guten Dinge sind drei." Selig gehen sie auseinander.

Derweil gibt es allerlei Hexenspuk bei der Hexensippe. Das Hexchen nimmt den Kiesel vom Teufelsberg und begibt sich zum Hexenfeuer. Hier sitzen die Hexen auf der höchsten Erhebung des *Goldberges* und es ist ein wahrer Blickfang, wie sie da hocken. Mit ihren roten Haaren und den weiten Röcken, sogar die schwarzhaarigen Hexen vom Gothaer Schloss Friedenstein sind da. Es sind ja auch nur vier km Luftlinie bis dorthin.

Stolz ist das Hexchen auf die Hexenschar und suchend geht es um das Feuer, um die blonde Adelgunde zu finden. Sie füttert gerade den Raben und lehrt ihn noch ein paar Reime. Sie haben ihm die Zunge gelöst, damit er sprechen kann, denn es gibt immer viel Spaß mit seinem Geplapper.

„Da bist du ja! Ich habe mich schon gewundert, wo du steckst, meine kleine Henny. Wir wollen jetzt um das Feuer tanzen, die alten Runen aus dem Hexenbuch labern und unsere Zauber wallen lassen."

Just in diesem Augenblick geht Hexchen auf ihre Hexentante zu und legt der verblüfften Adelgunde den roten Kieselstein in die Hände. „Himmel, Sakra!!!", entfährt es dieser und sie springt in die Höhe. Alles schaut zu ihnen und dann geht plötzlich eine wilde Hexenjagd ums Feuer. Sie wittern den Ursprung des Steines und machen ihre Zauber, dass den Teufel Hören und Sehen vergeht. Da der Stein vom Teufelsberg ist, können sie nun ihren Schabernack mit ihnen treiben. Das Hexchen ist nicht wenig verdutzt über das Treiben ihrer Sippe. So ausgelassen hat sie die Hexen noch nie toben sehen!

Das Hexchen wird nachdenklich, denn wenn der Spuk vorbei ist, wollen die Hexen sicher wissen, woher es den Stein hat, und es darf doch nicht die Freundschaft mit den Kindern verraten. Wenn ich vom Belzebub erzähle, wird's auch nicht besser, grübelt das Hexchen. In so eine ausweglose Situation war es noch nicht gekommen, da ist guter Rat teuer.

Die drei schwarzen Hexen vom Schloß kichern schon los: „Wie bist du nur an das steinerne Herz gekommen?!", und tanzen wild weiter. Dann steht die Hexenälteste plötzlich bei ihm und hebt den knöchernen Zeigefinger: „Ich gebe dir einen Rat. Antworte immer, wenn sie dich fragen, aber lass all das weg, was sie nicht unbedingt wissen sollen."

Dankbar umarmt es die angegraute Hexe und schaut den Funken nach, die in den Himmel stieben. Die Hexen tanzten bis zur Ungnade. Adelgunde, die sonst so still ist, ist wie ausgewechselt. So ausgelassen hat Hexchen ihre Hexen noch nicht erlebt. Mit der Zeit aber schläft es erschöpft an einem Baumstamm ein. Der Rabe hat Zuflucht in der Nähe gesucht und sitzt auf einem Ast über seinem Kopf, denn die ausgelassenen Hexen machten ihm Angst.

Der nächste Tag bringt die Ernüchterung der Hexen und nun kommen auch die Fragen. Das Hexchen tut wie ihr geheißen, antwortet schleppend und lückenhaft. Man gibt sich zufrieden mit der Auskunft, dass sie Menschenkinder beobachtet und den Stein entwendet hat. Adelgunde glaubt zwar nicht so ganz daran, aber da sie die Hexe des Sabbats ist, lässt sie ihre Zweifel unausgesprochen. Ihr Triumpf in der Sippe ist Grund genug, alles andere zu vergessen. Von ihrem grünen Gewand dreht sie einen Knopf ab, den sie dem Hexchen schenkt. „Die Zeichen auf dem Kupferknopf konnten bisher nicht entziffert werden, da sie in Vergessenheit geraten sind. Vielleicht hast du die Gabe dazu, Henny. Wenn du groß genug bist, bekommst du das ganze Gewand von mir. Trage den Knopf immer bei dir, die Zauberformel darauf wird dich beschützen und dir aus der Not helfen."

Ende gut, alles gut. Dieser Hexensabbat hatte es aber auch in sich! Das Hexchen schwingt sich auf seinen Besen und dreht seine Runden über den *Goldberg*. Die alten Zeiten brechen wieder an, die Kinder treffen sich mit ihrem Hexchen in der Höhle auf dem *Goldberg*.

Die Zeichen auf dem Knopf aber, beschäftigen sie schon einige Zeit, doch bisher konnten sie den Sinn nicht entdecken. Soweit sind sie schon gekommen, dass sie wissen, die Sonne bedeutet Gold, Venus ist die Liebe und Jupiter bedeutet Glück. Die anderen Hieroglyphen sind ihnen nach wie vor unklar.

„Irgendwann einmal werden wir darauf kommen, wenn wir gar nicht mehr daran denken", tröstet Maria ihren Bruder und das Hexchen.

Und was wäre das Leben schon, wenn es gar keine Geheimnisse mehr gäbe. Als die Kinder heimwärts fahren, sehen sie wie schon oft den alten Goldbacher Hasen.

„Von Weitem könnte man denken, es ist ein Reh, so ein großer Schlapps ist das", schwärmt Marcus. „Weißt du noch Maria, als unser Haus das erste in der Goldbergstraße und rundherum das Land noch Wiese war? Da kam er frühmorgens immer an unserem Küchenfenster vorbei. Durch den Bau der anderen Häuser wurde er vertrieben, aber hier, hinter der Bebauung hat er genügend Freiheit."

„Er müßte eigentlich viel scheuer sein, hoffentlich fängt ihn niemand ein", ist Maria besorgt.

„Ach, der ist doch viel zu alt und zäh und passt sowieso in keine Bratpfanne!"

Lachend rufen sie ihm „Bratpfanne" hinterher, da schlägt er einen Haken und hoppelt davon.

Die Kinder haben sich gut in die Dorfgemeinschaft eingelebt, nehmen Anteil an Freud und Leid. Als sie erfahren, dass in der Nachbarschaft ein kleines Kind verstorben ist, beschließen Maria und Marcus, auf den Friedhof zu gehen. Sie sind noch niemals dort gewesen, aber die Friedhofskapelle bei den großen Tannen ist weithin sichtbar. Als sie den Friedhof betreten, wird ihnen traurig ums Herz. Bei den frischen Blumen und Kränzen finden sie das Grab. Sie knien nieder und Maria bohrt mit ihrem Finger ein Loch ins Grab: „Engelchen hörst du mich?", flüstert sie leise und erzählt über ihre Trauer und wie sehr das Kind allen fehlt. Getröstet gehen sie wieder nach Hause. Glück und Unglück, wie nahe das doch zusammen liegt.

Wie von einer Ahnung getrieben, wälzen Maria und Marcus die Bücher zu Hause, durchstöbern den Bücherschrank und die alte Bücherkiste unter der Treppe, um aus Geschichten und Sagen von

Hexen und Teufeln Überlieferungen zu finden, über einen Pakt zwischen Menschen und Geistern. Aber es gibt keine Hinweise, ob in Märchen oder Sagen.

Nur in ihrer kindlichen Phantasie ist es ihnen möglich, mit dem Hexchen zusammen zu sein. Aber wenn das grüne Gewand der Hexe Adelgunde passt, ist auch es kein Hexchen mehr, sondern die Hexe Henny, der sie ihren Namen gegeben haben. Erschüttert stellen die Kinder fest, dass sie, wenn sie erwachsen sind, das Hexchen nie mehr sehen werden.

Die Hexen vom *Goldberg* werden aber ihre schönste Kindheitserinnerung bleiben. Lange wird es nun wohl nicht mehr dauern, bis es soweit ist. Aber noch wollen sie die Unbeschwertheit ihrer Kinderzeit genießen, bis sie sich in ihr nächstes Abenteuer stürzen, das erwachsen werden.